볕뉘,
그 찬란함이 주는 힘

별뉘, 그 찬란함이 주는 힘

배움, 성장 그리고 눈부실 청춘을 위한 응원

초 판 1쇄 2024년 11월 21일

지은이 권영미
펴낸이 류종렬

펴낸곳 미다스북스
본부장 임종익
편집장 이다경, 김가영
디자인 임인영, 윤가희
책임진행 김요섭, 이예나, 안채원, 김은진, 장민주

등록 2001년 3월 21일 제2001-000040호
주소 서울시 마포구 양화로 133 서교타워 711호
전화 02) 322-7802~3
팩스 02) 6007-1845
블로그 http://blog.naver.com/midasbooks
전자주소 midasbooks@hanmail.net
페이스북 https://www.facebook.com/midasbooks425
인스타그램 https://www.instagram.com/midasbooks

© 권영미, 미다스북스 2024, *Printed in Korea*.

ISBN 979-11-6910-920-8 03810

값 18,000원

미다스북스는 다음세대에게 필요한 지혜와 교양을 생각합니다.

볕뉘,
그 찬란함이 주는 힘

배움, 성장 그리고 눈부실 청춘을 위한 응원

권영미 지음

미다스북스

추천사

오랜 인연이다. 학교에서 함께 근무한 적이 있어 심성을 잘 알고 있다. '볕뉘'라는 제목이 권영미 선생님의 마음과 태도를 보여준다.

이 책은 한 개인의 성장기이자 학교의 역할과 교사의 존재를 돌아보는 교육서이다. '아이들에게 부끄러운 교사는 되고 싶지 않았다.' 이런 다짐은 책 전체를 관통하고 있다.

볕뉘는 작은 틈을 통해 잠깐 비치는 햇볕을 말한다. 권영미 선생님은 광장을 비추는 뜨거운 태양보다는 한 구석 작은 틈으로 스미는 햇볕이 되려 했고 그렇게 살아왔다.

책을 읽으면 작은 일도 소중하게 바라보는 마음이 전해지고, 학생을 하나의 또렷한 존재로 대하는 존중의 태도가 진하게 풍겨 나온다.

교육환경이 빠르게 바뀌고, 변화의 속도에 따라 새로운 교육 의제가 제기되는 상황에서도, 끝까지 변하지 않아야 하고 지켜야 할 것이 있다.

그 대답이 이 책 안에 있다.

- 세종특별자치시교육감 최교진

볕뉘 셋. 교사의 길, 묵직한 책임감

볕뉘 넷. 단단한 삶을 위한 여정

프롤로그

33년 교단에서의 삶을 마무리하던 날, 아이들과 눈물로 헤어졌다.

"선생님, 우리 보러 학교에 오실 거죠?"
"그럼."

그렇게 말했지만, 허공에 흩어질 대답이었다. '언제 우리 밥 한번 먹자.' 같은 기약 없고 뻔한 소리였으리라. 하지만 우린 다시 교실에서 수업하는 선생님과 아이들로 만났다. 마음 따뜻한 선생님이 나와 아이들을 만날 수 있는 수업을 준비한 덕분이다.

"아이들이 그리워해요. 학기 말에 수업 한 번 와주시면 어때요?"
"좋아요. 저에게도 의미가 있을 것 같아요."

그렇게 수업을 약속하고 어떤 내용으로 아이들을 만날까 생각했다. 수업 주제가 '자신 있게 말하기'였다. 퇴직을 한 후 새롭게 도전하는 것들이 있었다. 기타를 배워 국카스텐 곡 멋지게 쳐보기, 내 몸을 돌보는 운동하기, 어반스케치를 배워 여행과 삶의 기록을 그림으로 표현하기, 내 이야기를 담은 책 출간하기 등 이었다. 그 도전 과제를 내 몸이 기억하는 것과 연결하여 수업을 디자인했다. 10대의 다양한 경험이 몸으로 기억되고, 그 기억은 10년 후에도, 20년 후에도 어딘가에 남아서 자신이 원하는 삶을 만들어가는 힘이 될 수 있다는 것이 주된 이야기였다. 그리고 최근에 배우기 시작해서 가장 서툰 기타를 들고 아이들 앞에 섰다. 코드 잡는 것도 서툰 내가 무슨 용기로 아이들 앞에서 기타 연주를 하기로 했는지 살짝 후회스러웠지만 동영상을 배경 삼아 연주를 시작했다. 심장은 쓸데없이 두근거렸고 손가락의 잔 떨림이 눈에 보일 지경이었다. 코드 잡는 손은 수시로 흔들렸고 연주는 한없이 서툴렀다. 그렇게 김창완과 아이유가 함께 부른 〈너의 의미〉를 연주하며 노래를 불렀다.

아이들의 시선을 찾았다. 아이들을 바라본 순간 명치끝에서 뜨거운 열기가 올라오는 듯했다. 모든 시선이 온통 나를 응원하고 있었다. 내 떨림과 긴장을 자신들이 가져가기라도 할 것처럼 두 손을 모으고 몰입하고 있었다. 그 순간 흐르던 공기를 잊을 수가 없다. 부드럽고 따스했으며 수줍고도 온화했다. 그 온기가 나에게도 전해져 아이들의 응원이 더 크게 다가왔다.

아이들과 서로 온기를 주고받았던 영원 같은 찰나였다. 나는 어설픈 기타 연주를 통해 아이들의 앞날을 응원했고, 아이들은 선생님의 실수투성이 기타 연주를 들으며 내 새로운 도전을 응원했다. 우리는 그렇게 서로에게 빛이 되어주었다.

나는 그 빛을 '볕뉘'라고 표현한다.

어느 순간부터 강렬한 태양보다 작은 틈 사이로 잠깐 비치는 볕뉘를 더 사랑했다. 아이들에게 '볕뉘'가 되고 싶었다. 강렬하고 환한 빛으로 매일 매일을 응원할 수 있으면 얼마나 좋을까? 불가능한 현실이다. 가능한 일이라고 해도 매일 매일 비치는 환한 빛이 아이들에게 귀하게 다가가지 않을 것이다. 너무 익숙하고 큰 빛은 자신에게 오는 응원의 의미로 느껴지지 않는다.

지치고 힘들 때, 모든 것을 놓아버리고 싶을 때, 막다른 곳에 다다랐을 때, 곁에 아무도 없다고 느껴질 때, 춥고 외로울 때, 이 세상의 끝이라고 생각할 때, 사는 것이 의미가 없을 때 어디선가 빛이 비친다면 어떨까? 틈새로 들어오는 그 볕뉘가 내 외로운 그림자를 비추고 내 흐릿한 눈을 비추고 내 깜깜한 마음속을 비추면 그 볕뉘로 우린 다시 시작할지도 모른다.

고요한 침묵 속에 볕뉘가 있고, 말없이 건네는 따스한 미소에도 볕뉘가 머문다. 마음을 담아 건네는 말도, 스쳐 지나가듯 주고받는 인사도 볕뉘다.

한없이 늘어진 무거운 어깨 위에 부드러이 올리는 손길도 볕뉘다. **서로를 응원하는 온기는 다 볕뉘다.**

볕뉘 하나, 볕뉘 둘은 나에게 온 빛이다. 사람은 저절로 크지 않았다. 나도 모르게 온 빛들이 내 삶에 자연스레 스며들어와 있었다. 그 빛은 사람이, 책이, 음악이 되기도 했다. 때론 잔잔하게, 때론 뭉클하게, 때론 뜨겁게, 때론 강렬하게 나를 흔들고 한걸음 나아가게 했다. 나를 비추는 볕뉘가 부드럽게 스며들어 나도 아이들에게 '볕뉘'가 되고 싶었다. 날카로운 말보다는 친절한 말을, 냉정한 마음보다 다정한 손길 담긴 마음으로 아이들을 응원하고 싶었다.

볕뉘 셋, 볕뉘 넷은 버거운 삶을 살아가는 청춘들을 응원하는 이야기다. 치열한 경쟁과 불확실한 미래에 대한 불안감으로 아이들은 예민해지고 흔들린다. 응원의 손길이 간절한 친구들을 있는 그대로 지지하고 응원하는 사람들의 힘은 온전한 성인으로 성장하는 원동력이다. 우린 조금씩 다가서며 서로를 응원하는 볕뉘가 되어갔다. 눈빛은 저절로 따뜻해졌고 서로의 앞날을 응원했다. 학교와 마을도 함께 응원했다. '한 아이를 키우는 데 온 마을이 필요하다.'라는 철학을 가진 마을에서 어른들과 아이들이 서로를 지지하며 한 걸음 더 나아가고 있었다. 그 응원을 글 속에 담아보았다.

이 책이 나오기까지 따뜻한 온기를 전해준 모든 사람에게 감사의 마음을 전한다. 흔들리는 나에게 확신을 가질 수 있도록 응원해 주시고 추천 글로 더 큰 지지를 보내주신 세종특별자치시 최교진 교육감님, 건조하고 여유 없던 나를 따뜻한 사람으로 만들어 준 그에게 고마운 마음을 실어 보낸다. 두서없는 글을 새뜻하게 만들어 주신 미다스북스 편집자님께도 감사의 인사를 전한다.

학교 현장은 나날이 거칠고 삭막해져 간다. 불안한 아이들과 보호자의 예민함은 서로에게 상처를 남긴다. 어느 때보다 볕뉘가 필요한 시대이다. 작은 틈 사이로 스며드는 볕뉘가 서로에게 온기가 되어 버거운 시대를 살아가는 청춘들에게 큰 빛이 되기를 희망한다.

이 책은 존재를 증명하는 과정이자 새로운 여정의 시작이다.
내 삶을 있게 한, 나의 가장 큰 스승인 어머니께 이 책을 바친다.

뻘뉘 하나

배움과 성장이
스며드는 순간

"성장으로 으뜸가는 조건은 미성숙이다. '미성숙'이라는 말에서 '미(未)'는 결핍되어 있다는 뜻이 아니라 성장의 가능성을 뜻한다."

_존 듀이, 『민주주의와 교육』

가난 속 풍요,
새로운 세계를 여는 책

내 유년 시절은 장항선이 관통하는 기찻길과 함께 온다. 기찻길 옆 오두막은 아니었지만, 읍내 역을 지나 첫 번째 건널목 앞집이었다. 기차 경적과 함께 부지런히 아침을 시작했다. 저녁이 되어 놀다 지친 몸은 시끄러운 경적과 기차 지나는 소리에도 아랑곳없이 잠들었다. 기찻길 주변 집들은 넉넉한 집들이 없었다. 구멍가게, 이발소 등 가게가 아니라면 삶은 빠듯했고 고단했다. 우리 집도 그랬다. 가난한 살림에 자식들은 많았다. 역전 딸부잣집이었고 나는 딸부잣집의 둘째였다. 부모님은 딸을 내리 낳고 드디어 남동생을 낳았다. 누나들은 남동생이 사랑스러워 서로 안아주고 업어주길 자청하면서 놀다 싸우다 그렇게 수다스러운 어린 시절을 보냈다.

초등학교 3학년 때로 기억한다. 1970년대 중반이었으니 텔레비전도 귀한 시절이었다. 시골 기찻길 옆에 트럭이 멈춰 섰다. 트럭이었는지 리어카

였는지 기억조차 희미하다. 내 기억은 트럭으로 규정짓는다. 지금은 택배 차량이 어디든, 언제든 드나들고 현관 앞에 무수히 물건들이 쌓이는 시대이다. 하지만 당시 트럭이 짐을 싣고 오는 일은 무척 드물었다. 더구나 가난한 집에 트럭이 오다니 마을 사람들도 신기해서 구경하러 나올 정도였다. 트럭은 우리 집에 멈춰 서서 몇 개의 상자를 내려놓고 갔다. 우린 무슨 일인지 몰라 어리둥절했다. 조심스레 상자를 펼치니 책들이 보였다.

지금도 그 순간은 천연색으로 빛난다. 빨간색 표지로 된 50권의 세계문학전집이었다. 그것으로 끝나지 않았다. 상아색 표지의 한국위인전집 20권과 노란색 표지의 세계위인전집 20권 모두 90권의 책이 우리 앞에 펼쳐졌다. 우린 갑작스러운 책들에 놀란 눈으로 부모님을 쳐다보았다. 엄마의 뿌듯하고 의기양양한 표정과 아버지의 순박하고 착한 미소가 환하게 빛나고 있었다.

지금은 널린 것이 책이라 독서가 지겨운 아이들도 있다. 하지만 먹고 살기도 힘든 가난한 시절 동화책은 아이들에게 환상적인 세계였다. 책은 부잣집의 전유물이었고 전집은 부잣집의 거실을 장식하는 역할을 하던 때였다. 시골의 가난한 집에서 책은 사치품이었다. 그만큼 책을 사는 일은 아무나 할 수 없고 하지 못하던 일이었다. 지금 생각하면 엄마의 놀라운 혜안이었고 몇십 년을 앞서간 선택이었다. 하지만 당시에 가난한 집에서, 그것도 딸부잣집의 초라한 살림에 책을 사는 일은 손가락질의 대상이었다. 책이 가당키나 한 일이냐며 쓸데없는 허영 가득한 일이라는 표정이었다. 그 속엔 질투와 부러움이 함께 있었을 게다. 자식들 공부 잘 시키는 것이 예나 지금이나 부모들의 유일한 기대와 희망이었으니 공장 보내는 딸들이 마음에 걸려 더 그러했으리라 짐작했다.

엄마는 주위 시선을 개의치 않았다. 엄마의 표정과 몸에서는 자부심이 풍겼다. 살짝 도도한 표정에 담긴 만족감은 그동안 삶에 지치고 찌든 엄마의 모습과 거리가 멀었다. 형형하게 빛나는 그 모습만으로도 우린 모두 행복했다. 찬란하게 빛나는 책을 부러워하는 주위 친구들과 언니 오빠들의 두런거림 사이에서 어깨에 저절로 힘이 들어갔다. 가난한 집엔 서가도 없었다. 책장을 만드는 일은 아버지의 몫이었다. 역전의 리어카 짐꾼이던 아버지는 시간이 날 때마다 나무와 톱으로 책장을 만들었다. 책이 오기 전이니 우린 무엇을 만드는지도 몰랐다. 아버지는 늘 부지런히 무엇인가를 만지고 고쳤다. 집 담벼락도, 마당 수리도, 창고를 손보는 일도 모두 아버지의 몫이었다. 책장 만드는 일은 그런 아버지 일의 연장선상으로 생각했었다. 뚝딱뚝딱 망치질 끝에 책장이 완성되었다.

세계문학전집 50권, 한국위인전집 20권, 세계위인전집 20권, 90권의 책은 상자 안에서 나와 책장에 하나둘 자리 잡았다. 출판사는 기억나지 않는다. 당시 어린이 전집이었으니 계몽사로 추정한다. 한쪽 벽에 책들이 화사하게 빛났다. 초라하고 좁은 방이 갑자기 새뜻해진 순간이었고 유년 시절 가장 찬란한 순간이었다.

90권의 책이 가져온
나비효과

90권의 책이 우리들 방에 들어온 순간부터 일상이 달라졌다. 책이라곤 교과서 밖에 없던 시절, 강렬한 빨간색 세계문학전집은 우리 마음을 사로잡기에 충분했다. 심심할 때도 심심하지 않을 때도 책을 읽었다. 마당에서 공기놀이, 소꿉장난을 하다가도 우린 방에 들어가 책을 읽었다. 집 앞 개울물에서 놀다 지칠 때면 또 방에서 책을 읽었다. 소공녀, 소공자, 왕자와 거지, 안데르센 동화집, 북유럽 동화집, 러시아 동화집, 작은 아씨들, 알리바바와 40인의 도둑 등 지금은 책 제목도 가물가물하지만, 온갖 아름답고 환상적인 세계가 그곳에 있었다. 동화 속으로 들어가 야금야금 맘껏 상상의 세계를 유영하다 보면 마음은 저절로 행복했고 시간은 순식간에 흘렀다. 책이 그렇게 재미있을 수 없었다. 재미있는 책들은 읽고 또 읽고 또 읽었다. 빨간색의 표지가 닳고 너덜너덜해져도 상관없었다.

우리 일상만 달라진 것이 아니었다. 동네 친구들 사이 형제들과 내 위상도 달라졌다. 작은 시골 마을에서 책은 새로운 세계를 볼 수 있는 멋진 신세계였다. 아름답고 신비로운 세계가 가득 펼쳐진 곳이 바로 우리 집이었다. 친구들이 우리 집에 오기 시작했다. 재미있고 인기 많은 책을 읽으려는 친구들이 넘쳐났다. 맘에 드는 친구에겐 호기롭게, 친하지 않거나 맘에 안드는 친구에겐 거드름을 피웠다. 어린 마음에 그 작은 힘이 나에게 권력을 행사하게 했다. 책은 곧 권력이 되었다.

우리 형제들은 동네에서 공부 잘하는 집으로 불렸다. 가난한 살림 속에서 동네의 그런 칭찬은 자존심으로 버티는 엄마에게 큰 훈장이었다. 책이 있었기에 가능했다. 세계문학전집을 읽으며 맘껏 그 멋진 세계를 유영했다. 책을 읽으니 자연스레 어휘력과 이해력이 좋을 수밖에 없었다. 세계문학전집을 다 읽으면 한국위인전집이 기다리고 세계위인전집이 있었다. 위인들의 삶과 그 속에 담긴 역사는 문학전집과 다른 세계였고 흥미로운 역사의 기록이었다. 한국위인전집 20권을 몇 번 읽으면 한국 역사의 흐름을 파악할 수 있었다. 세계위인전집 20권을 몇 번 읽으면 세계사가 그려졌다. 과외나 학원 다니는 아이들이 없는 시골에서 책을 읽으면 공부하기가 쉬웠고 우리 집은 공부 잘하는 딸부잣집이 되었다.

몇 살 때였는지는 기억이 나지 않는다. 초등학교 5~6학년 정도 되지 않앉을까. 밝은 표정으로 들어온 아버지 손에 신문지가 하나 들려 있었다. '홍주신문'이라는 지역 신문으로 기억한다. 내가 살던 지역은 지역 활동이 활발한 곳이어서 지역 신문이 정기적으로 발간된 곳이었다. 지역 신문이라고는 하나 아무한테나 인터뷰 제의가 들어오거나 지면에 얼굴과 사연이 실리지는 않았다. 그런데 아버지가 내민 신문에는 고생스러운 삶의 질곡이 담겨 있지만, 선량하게 생긴 익숙한 얼굴 사진이 들어 있었다. 아버지 얼굴이었다. 5월 어버이날을 맞이해서 나온 기사로 기억한다. 일용직으로 어렵게 살면서도 공부 잘하는 자녀들을 키운 자랑스러운 아버지로 소개된 기사였다. 꽤 비중 있게 지면을 차지하고 있었다. 그날 우리 식구들은 무척 뿌듯했다. 저녁 자리가 아주 풍성했었다. 엄마와 아버지는 가난한 삶 속에서 당신의 선택이 옳았음을 확인해서 행복했고 그동안 들인 비용과 노력이 증명되어 뿌듯했다. 우리는 부모님의 고생을 알기에 조금이나마 보답을 해드렸다는 기쁨으로 행복했었다.

　내 유년 시절은 그렇게 늘 책과 함께였다. 그리고 90권의 책은 내 삶에서 두고두고 큰 자산이 되었다.

길을 밝혀 준
삶의 나침반

90권의 책을 구입한 것은 엄마의 결단이었다. 가난한 살림에 먹고 사는 일도 버거운데 어떻게 90권의 책을 살 생각을 했는지 모르겠다. 생각해 보니 엄마에게 물어본 적이 없고 들어본 적도 없었다. 어떤 이유로 그 비싼 책들을 덜컥 살 생각을 했는지 물을 생각조차 못 했다. 나는 중학생, 언니는 고등학생 때부터 대전에서 자취하느라 가족들과 떨어져 살았다. 직장을 잡고 결혼을 한 후에는 먹고 사는 일이 바쁘다는 핑계로 소소한 이야기를 나눌 시간이 없었다. 아니 90권의 책이 얼마나 소중한지, 그 결단이 얼마나 위대한지 그때는 미처 깨닫지 못했다. 너무 일찍 책들이 있어서 그저 일상처럼 여겨졌을 뿐이었다. 우리가 독립해서 직장을 잡고 소소한 추억을 하나하나 끄집어낼 수 있을 만큼의 여유가 생겼을 때 건강하셨던 아버지가 세상을 떠나셨다. 아버지의 빈자리는 컸다. 젊은 시절 억척스레 일하느라 몸을 돌보지 못해 허약해진 엄마는 병세가 깊어져 1년 뒤 아버지를 따라 떠나셨다. 65세. 너무 이른 이별이었다.

엄마는 참 지혜로운 분이었다. 그 흔한 학교 졸업장 하나 없는 엄마였지만 강단 있고 명석한 판단력을 가지고 있었다. 6·25전쟁은 가난한 장녀에게 더욱더 가혹한 현실이 되었다. 형제 중 집안을 살리리라 기대했던 똑똑하고 명철한 외삼촌이 전쟁에서 실종되고 병든 어머니(내겐 외할머니)를 수발하느라 학교 다닐 상황이 아니었다. 배움에 대한 욕심이 있는 엄마는 집안일하면서 학교를 오갔지만 1년을 채우지 못했다고 했다. 그래도 야무진 엄마는 어깨 넘어 한글을 배우고 글을 읽었다.

선택할 수 있는 환경도 여유도 없는 어머니는 일용직으로 일하는 가난한 아버지와 결혼했다. 아버지는 순박하고 착하고 성실한 분이었고, 표현에 서툰 시골의 전형적인 남편이자 아버지였다. 배움이 없으니 그저 집안일과 농사일이 삶의 전부였다. 엄마는 아들을 못 낳았다는 이유로 미워하고 구박하는 시어머니와 욕심 가득하고 질투심 많은 손위 동서 틈바구니에서 많은 아이들을 건사하며 살았다. 하루하루의 삶이 전쟁이었으리라. 리어카 짐꾼인 남편이 받아오는 돈으로 많은 아이들을 챙기기에 부족했고 살림은 늘 빠듯했다. 아이들을 학교에 보내놓고 남의 집에 품팔이하러 나섰다. 허리가 아프면 진통제 몇 알로 버티며 몸을 혹사하는 사이 서서히 몸이 망가졌다. 엄마도 당신의 몸이 얼마나 혹사당했는지 돌아볼 여유가 없었다. 어린 우리들은 알아차리지 못했다.

　엄마는 손도 야무졌다. 얼굴도 야무지고 일손도 야무졌다. 음식 솜씨가 좋아서 별다른 것을 넣지 않고도 맛있는 음식이 만들어졌다. 아버지가 논에서 미꾸라지를 잡아 오면 엄마는 커다란 가마솥에 넉넉하게 추어탕을 끓였다. 나는 추어탕을 끓일 때면 그 비릿한 냄새가 싫어 동네를 빙글빙글 돌아다니며 냄새를 피하곤 했다. 추어탕이 가마솥에서 맛있게 만들어지면 동네 어른들을 대접하기도 했다. 한여름 추어탕은 사위들을 위한 단골 메뉴였다. 특히 비린 맛을 좋아하는 제부가 제일 반가워했고 가장 맛있게 먹었다. 엄마가 돌아가신 후 추어탕 레시피를 물어보지 못한 것을 아쉬워한 사람도 제부였다. 가난한 살림이지만 명절이나 특별한 날이면 강정이나 찹쌀떡을 만들었다. 떡집이나 제과점에서는 맛볼 수 없는 입안에 쫀득하고 꽉 찬 질감을 지금도 잊을 수 없다. 넉넉하게 먹일 수는 없지만 당신의 능력이 닿는 한 자식들 입안에 넣어주시려 야무진 손맛을 아낌없이 발휘했고 그 덕분에 우린 특별한 음식을 먹을 수 있었다.

　야무진 엄마 덕분에 우리 형제들은 다른 아이들 사이에서도 추레하지 않았다. 그 당시 시골 동네가 그렇듯 중학교를 졸업하면 동네 언니들 몇 명은 방직공장에 취직하곤 했다. 우리 앞집의 쌍둥이네는 일찍부터 다들 공장으로 취직해서 돈벌이를 시작했다. 다른 집들도 하나둘 집을 떠나 공장으로 취직하는데 우리 집만은 딸들을 대전으로 공주로 유학 보냈다. 동네에선 딸들이 벌어온 돈으로 고기를 사고 딸들이 선물해 준 옷들을 자랑하곤 했다. 엄마는 담담한 듯 보였다. 아니 잘 모르겠다. 확실한 것은 1등을 놓치지 않는 공부 잘하는 언니와 동생이 엄마의 자부심이었기에 아줌마들의 자랑에 흔들리지 않았다. 나는 엄마의 자부심에 그리 도움이 되지 않는 놀기 좋아하는 건강하기만 한 딸이었다.

가난한 시골 마을에서 90권의 책을 구입하고 딸들을 대전으로, 공주로 유학 보내는 엄마를 동네에서는 칭찬하지 않았다. '아프면 병원 한번 맘 놓고 가지 못하면서 책은 무슨.', '딸들 저렇게 대전으로 공주로 유학 보내고 아들을 어쩔꺼여.', '허접한 살림에 책이 무슨 소용이랴. 괴기나 한 번 더 사 멕이지.' 그런 시선이었다. 공장에 취직시킨 자식에 대한 미안함이었는지, 시기심이었는지 잘 모르겠다. 그런 시선에 아랑곳하지 않고 엄마는 악착같이 자식을 공부시켰다. 당신의 못 배운 한을 자녀들에게 투영하였다. 진통제 몇 알로 통증을 견디며 일을 하고 허리띠 졸라매고 집안을 건사했다. 딸들 자취로 두 집, 때론 세 집을 오가며 자식들을 키웠다. 모질게 견뎌냈다. 자식들이 대학을 졸업하고 교사로, 공무원으로 취직하면서 조금씩 살림살이가 나아지기 시작했다.

모처럼 집 안의 평안과 여유가 흐를 때쯤 엄마가 아팠다. 시골 양반 같지 않게 하얀 피부와 기품 있는 얼굴은 고된 삶과 흐르는 세월 속에서도 빛이 났었다. 그러나 병이 깊어지면서 검버섯이 생기고 빛을 잃어갔다. 기력은 급속도로 쇠약해지고 몸은 구부정해졌다. 강단으로 견뎌온 육신은 세월의 고됨을 버틸 힘을 잃고 무너졌다. 허리 통증은 더욱 격렬해졌고 병원에 다녀도 차도가 없었다. 더 이상 허리를 고칠 수 없다는 진단이 내려졌다. 부산인지, 대구인지 허리 통증을 잘 치료하는 명의가 있다고 해서 아버지와 언니가 엄마를 모시고 병원에 다녀왔던 날이 선연하다. 고칠 수 있으리라는 가녀린 희망을 안고 갔다가 큰 절망만을 안고 왔다. 병원에서는 얼마나 부인을 부려먹었기에 이렇게 허리가 다 썩어들어갔냐고 아버지를 혼내며 이제 손쓸 방법이 없다는 진단을 내렸다. 평생 일만 해 온 헌신적인 아버지는 순식간에 아내를 마구잡이로 부려 먹은 몹쓸 남편이 되었다.

그날 집은 소리 없는 통곡이 넘쳤다. 숨 막히게 고통스러운 정적을 어떻게 표현할 수 있으랴. 다행히 대전의 한방병원에 입원하고 치료를 받으면서 천천히 걸어 다니실 수 있을 만큼 나아지셨다. 걷지 못한다는 진단을 받고 좌절감과 회한이 얼마나 크셨을까? 감히 짐작조차 할 수 없는 일이다. 그럼에도 엄마는 우리에게 투정하시거나 억울해하거나 탓하지 않았다. 신세 한탄이라도 토해내면 다 받아냈을 텐데 그저 조용히 그 아픔을 감내하는 모습이었다.

부모님과 이별할 준비가 되기 전에 두 분이 세상을 떠나고 우리 형제들만 남았다. 추억과 그리움만 남긴 채 너무도 일찍 우리 곁을 떠나셨다. 형제들이 모이면 두 분을 추억한다. 옛일을 되새김질하며 때론 웃고, 때론 울다 두 분을 그리워한다. 두 분이 얼마나 큰 우산이었는지, 얼마나 큰 사랑을 우리에게 남기셨는지, 우리가 지금 이렇게 자신의 자리에서 삶을 살 수 있었던 것이 두 분의 희생과 헌신 덕분이었음을 기억한다. 지금 생각해 보아도, 다시 생각해 보아도 엄마는 한 걸음 앞서 사신 분이었다. 내 삶을 만들어가는 모든 삶의 기저엔 당신을 희생하면서 우리에게 배움의 길을 열어준 엄마가 있어서 가능한 일이었다.

지금 난 가장 아름다운 엄마의 모습을 떠올린다. 고등학교 입학식이었다. 연보라색 한복을 입은 엄마는 평생 시골 들에서 일만 하신 분이었는데도 도시의 엄마들보다 더 눈에 띄었다. 내 엄마였으니 당연했으리라. 다른 사람 눈에도 그러했는지 누구 엄마인지 묻는 친구들이 몇 있었다. 순간 어깨가 으쓱거렸다. 내가 봐도 엄마가 예뻤다. 뽀얀 피부와 호리호리한 키에 연보라색 한복이 기품 있었다. 내 영원한 스승이자 우상인 나의 엄마를 가장 아름다운 모습으로 기억할 수 있어 그 또한 다행이다.

불안하고 흔들릴 때 나는 엄마를 떠올린다. 내 안의 엄마가 다정하게 응원해 주면 그 힘으로 나는 다시 걷는다.

내 삶의 영원한 나침반이자 영원한 스승이신 분.

그곳에서 평안하시길.

묵묵히 자리를
지키는 자의 숙명

어디든 반짝거리는 엄마에 비해 아버지는 그림자 같은 존재였다. 세상은 그림자처럼 그 자리를 지키는 사람을 잘 기억하지 못한다. 자식들에게 애정을 표현할 줄 모르고 말수도 없는 아버지는 그저 묵묵히 당신의 일에 책임을 다하는, 법 없이도 사실 양반이었다. 살아생전에도 돌아가신 후에도 아버지의 자리는 그림자 같은 존재였다. 묵묵히 자리를 지키는 자의 숙명인가 보다. 그 묵묵한 무게가 아주 크게 다가올 때가 있다. 말없이 당신의 자리를 내어주시던 아버지가 애잔하면서도 거대한 산처럼 버팀목이 되어주실 때 말이다.

내 기억 속 아버지를 떠올린다. 여섯 살 때라고 기억한다. 1970년대 초, 그땐 누구나 배고픈 시대였다. 엄마가 알뜰하게 건사해주신 덕분에 차림새나 입성이 그리 허술하진 않았지만, 군것질거리는 귀했고 우리 몫이 아니었다. 뛰어놀다 허기진 어린아이가 길을 가다 땅바닥에서 뭔가를 발견했었다. 무엇인지는 기억이 나질 않지만 먹을 것이었으리라. 철없던 나는 그 뭔가를 주워 입에 넣었었다. 하필 지나가던 아버지가 그 모습을 보았다. 착하고 순박한 분이셨지만 표현이 서툰 아버지는 어린 딸에게 어려웠다. 아버지의 굳은 표정에 겁을 먹은 나는 아버지를 따라 집으로 들어갔다. 발바닥을 맞았다. 처음으로 아버지에게 매를 맞았고 그만큼 두려웠다. 매를 맞고 숨어서 한참을 울었다. 매를 맞을 만큼 잘못한 일이 아니었다는 억울함이었을까, 아니면 맞는 그 순간의 두려움 때문이었을까, 억울함과 두려움이 공존하는 설움이었으리라. 아버지도 나도 그때의 일을 다른 누구에게도 말하지 않았다. 아버지에게는 시린 상처였고 나에게는 아픈 기억이었다. 매일 매일 새벽 4시 30분에 역전으로 출근해서 늦은 시간까지 일을 하셨지만 빠듯한 살림은 나아지질 않았다. 배고픈 그 시절, 어린 자식들의 배를 채워 주지 못한 것을 당신의 못난 삶 때문이라고 생각하셨다. 어린 딸이 길에서 무언가를 주워 먹는 것이 안타까웠고 배부르게 해 주지 못하는 당신에 대한 노여움이 크셨으리라. 세상을 알아가면서 매 맞을 때의 무서움보다 때리는 아버지의 상처가 더 큼을 생각했다.

초등학교 5학년으로 기억한다. 산업이 발달하면서 먹거리들이 다양하게 생겨나 우리 코를 자극하던 시기였다. 학교 문 앞에서 핫도그를 팔았다. 그 옆을 지나다 보면 튀김기에서 나오는 고소한 냄새가 배 고픈 아이들에게 참을 수 없는 허기를 느끼게 해 주었다. 기껏해야 0.7cm 정도 아주 작은 소시지에 밀가루로 범벅된 핫도그였다. 지금은 밀가루 냄새만 나는 허접한 핫도그를 사 먹고 싶지도 않고 팔 리도 없겠지만 먹을 것이 귀하던 시절, 그 냄새는 세상에서 가장 먹고 싶은 고소함이었다. 더구나 고무신을 튀겨도 맛있다는 튀김이니 어린아이의 눈과 코와 입은 유혹에 흔들렸다.

어느 날 나에게 돈이 생겼다. 튀김의 고소한 냄새에 못 이겨 핫도그를 샀고 그 아찔한 고소함을 즐기며 한입 베어 물었다. 행복을 길게 느껴보고 싶은 마음에 고소한 향기를 음미했다. 아주 천천히 천천히 베어 물고 그 맛에 취하던 순간, 내 몸이 굳어졌다. 저 멀리 리어카에 짐을 잔뜩 싣고 오는 허름한 옷차림의 낯익은 모습이 보였다. 아버지였다. 어린 마음이지만 핫도그를 사 먹은 것이 아버지에게 그렇게 죄스러울 수 없었다. 핫도그를 뒤로 숨기고 아버지의 눈을 피해 모른 척하며 지나갔던 내 모습이 기억에 생생하다. 아버지를 피해서 돌아오던 길에 남은 핫도그를 어떻게 했는지 기억이 나지 않는다. 아까워서 버리지는 못했겠지만, 먹었던 기억도 없다. 아마도 쓸쓸한 죄책감을 함께 우적우적 구겨 넣지 않았을까.

아버지가 급하게 초등학교에 오신 적이 있다. 학교에서 기대를 한 몸에 받던 언니가 장학금을 받게 되어 서류가 필요했다. 연락을 받은 아버지는 너무 기쁜 마음에 한달음에 달려오셨다. 일하시다 얼마나 급하셨던지 바지

한쪽은 접힌 채로 다급하게 오신 아버지의 모습은 아주 초라한 시골 농부 그 자체였다. 한 손에 필요한 서류를 들고 환하게 웃으며 언니를 바라보셨다. 우리 자매의 시선이 그저 바닥을 헤매고 있었다는 점을 아버지는 아시려나. 부끄러운 것은 아닌데 먼지라도 털고 오셨으면 하는 마음이 들었던 순간이었다.

자식들을 위해 리어카를 끌고 농사를 지으며 한평생 일만 한 선량한 분이었다. 우리 형제들이 자취생활을 하고 이곳저곳 대학에 다니느라 두 집, 세 집 살림하려면 생활비는 늘 부족했다. 아버지는 종류를 가리지 않고 몸이 허락하는 한 부지런히 일을 하셨다. 육체적으로 힘든 일이었다. 그렇게 일만 하다 갑작스러운 사고로 돌아가셨다. 받아들이기가 어려웠다. 허약한 엄마가 걱정이었지 아버지는 엄마의 병간호와 집안의 크고 작은 일들을 너끈히 하실 정도로 강단이 있었다. 아버지가 그렇게 쉽고 허무하게 세상을 떠나실 줄은 몰랐다. 자식들은 허무하게 돌아가신 후에야 아버지 자리가 얼마나 큰가를 절감했었다.

늘 떠난 후에 그 무게를 느끼며 아버지와의 추억을 찾곤 했다. 가족들과 여행하면 예의 순박한 웃음으로 마음을 표현하셨다. 더 좋은 장소도 많은데 유독 아버지의 표정이 환하고 즐거우신 때가 있었다. 어느 여름날, 아버지와 엄마, 우리 부부와 아이들이 가까운 곳으로 더위를 피하러 갔다. 작은 개천이 흐르는 곳이었다. 어포기를 놓고 그늘에서 쉬다 물속으로 들어가 물장구치고 놀다 보면 어느새 물고기들이 가득 찼다. 물고기를 손질해서 매운탕을 끓여 먹으며 한껏 즐거워했던 그 여름날의 환한 아버지 웃음은 여느 때보다 빛이 났었다.

그 소박한 기억이 가장 눈부시게 마음에 새겨져서 서글프다. 더 멋지고 화사한 곳에서 환하게 빛나는 모습으로 기억하고 싶은데 너무도 소박하고 별스럽지 않은 곳이 가장 행복한 모습으로 기억되다니. 그것이 못내 아섭고 안타깝고 시리다. 마치 아버지의 삶처럼 말이다. 그저 묵묵히 자리를 지키는 자들은 그런가 보다. 마치 그림자 역할을 하는 운명인가 보다.

언제부턴가 나는 묵묵히 자리를 지키는 아이들에게 시선이 주었다. 그렇게 하지 않으면 그 존재를 보아주는 사람이 많지 않기에 나라도 시선을 주고 말을 건네주고 싶었다.

잘 견뎌왔다고,

지금도 잘하고 있다고,

내 진심을 담은 응원이다.

언니는 똥도
버리기 아까워

언니는 언제나 똑 부러진 사람이었다. 우리 집에서 가장 욕심이 많고 삶을 자기 의지대로 만들어가는 형제였다. 어린 시절 사진을 봐도 눈, 코, 입이 다 야무졌다. 초등학교 때부터 공부를 잘했고 각종 대회에서 상을 받아 선생님들의 기대와 인정을 한몸에 받을 만큼 욕심껏 학교생활을 만들었다. 얼굴이 예쁘고 공부도 잘하고 모범생인 언니는 우리 집안의 자랑거리였다. 아버지에게는 자랑스러운 딸이었고 엄마는 공부와 성공에 대한 욕망을 대리 투영할 수 있는 대상이었다. 공부에 누구보다 진심이어서 1등을 놓치지 않았다. 초등학교 때부터 시험 기간이 되면 새벽 5시에 일어나 공부를 한 언니를 엄마는 기특하고 안쓰러워했다. 그런 언니가 대견하고 안쓰러워 가난한 살림에도 우유나 빵을 챙겨 새벽 공부하는 언니에게 슬쩍 내밀어주셨다고 한다. 물론 이 비밀은 부모님이 돌아가신 후 부모님을 추억하다 나온 뒤늦은 양심선언(?)이었다. 곤히 잠든 어린 동생들은 언니와 엄마 사이 그런 비밀 거래가 있는 줄은 상상도 못 했다.

언니는 상업고등학교로 진학했다. 그 당시 가난한 집의 공부 잘하는 학생들이 선택하는 학교가 남학생은 공업고등학교, 여학생은 상업고등학교였다. 언니는 여상이 있는 대전으로 진학했다. 언니가 대전으로 진학하는 바람에 나도 대전의 중학교로 전학을 갔고 둘이 자취생활을 했다. 당시 나는 테니스 선수였고 언니는 어린 나이에 테니스 선수인 동생 뒷바라지를 하면서 고등학교 생활을 보냈다. 1등을 해야 직성이 풀리는 성격이어서 집안일 하며 공부하느라 바빴다. 더구나 운동하는 동생은 잡다한 일거리를 안겨주었다. 밥도 잘 챙겨주어야 하고, 청소하는 일 외에 매일매일 동생의 운동복을 빠는 일도 큰일이었다. 세탁기 없는 시절 모든 일이 손으로 이루어지니 얼마나 힘들었으랴. 그것은 모두 언니의 몫이었다. 부지런히 생활하고 동생 뒷바라지하면서도 열심히 공부하는 언니를 주인아주머니는 입이 닳도록 칭찬했다. 엄마가 오면 "언니는 똥도 버리기 아까워요." 칭찬에 칭찬을 아끼지 않았고 주변 사람들에게 언니를 그렇게 칭찬했었다. 그리 넉넉한 성품이 아니었던 주인아주머니 눈에도 언니는 야무지고 똑똑하고 동생까지 잘 챙기는 어른보다 더 훌륭한 사람으로 보였다. 그러니 얼마나 빈틈없이 자신을 담금질했으랴. 그때 언니는 겨우 16세였다. 어리광 부리며 학교 다닐 여고생이었다. 있는 집에서 자랐다면 집 안의 총애를 한몸에 받았을 총명하고 똑 부러진 학생이었다.

세상이 변해서 대학을 진학하는 것이 대세였다. 당시 우리 집은 가장 어렵고 힘든 시간을 보냈기에 언니는 차마 대학을 가고 싶다는 말을 엄마에게 하지 못했다. 낮에는 아르바이트해서 돈을 모아 야간 대학을 진학했다. 언니가 했던 일 중 가장 기억에 남는 아르바이트는 롯데리아였다. 그 당시 대전에 처음으로 생긴 햄버거 전문점은 가난한 우리가 사 먹을 수 없는 음식이었다. 언니가 늦은 시간까지 일하다 그날 남은 햄버거를 가져오는 날은 참 좋았다. 사 먹을 수 없는 햄버거니 얼마나 맛있었을까? 당시엔 언니의 시간과 땀의 결과물임을 미처 생각하지 못했다. 짜릿하고 자극적인 햄버거는 어린 나에게 너무도 달콤한 유혹이었다. 그렇게 일하면서 공부한 언니는 회계학을 전공하고 교직을 이수해서 고등학교 상업과 교사로 발령받았다.

나는 고등학교에 들어가면서 테니스 선수 생활을 그만두고 공부를 시작했다. 테니스 코트에서 운동만 하다 고등학교에서 공부를 시작했다. 수학과 영어 과목은 기초학력이 없어서 점수가 형편없었다. 성적이 나오면 언니에게 보여주는 일이 가장 난감했다. 매일 1등만 하던 언니 눈에 내 성적은 점수라고 할 수 없는 처참한 수준이었다. 언니의 냉정하고 차가운 표정을 생각하는 것만으로도 무서웠다. 그 시선을 피하려 책상에 앉아 공부했고 때론 공부하는 척을 했다.

당시 두 살 터울인 언니가 몹시 어려웠다. 언니는 날 서 있었고 지쳐 있었다. 그런 언니가 때로 너무 냉정하고 거리감이 느껴졌다. 여유 없는 삶 속에서 늘 동동거리며 자신의 위치를 확보해야 할 완벽한 성격이 언니 얼굴을 냉정하게 만드는 데 한몫했으리라. 내가 세상을 알고 그 시절을 돌이켜보면서 알았다. 그 시간이 날이 설 수밖에 없었다는 것을 말이다. 그 시간을 견뎌냈다는 것만으로도 대단하다는 것과 감당하기 힘든 벅찬 삶 속에서도 자신의 자리를 찾아가는 것이 얼마나 큰일인가를 이해했다. 누구보다 자기 삶에 대한 욕심이 컸고, 찬란한 미래를 꿈꾸는 청춘이었다. 고작 10대 어린 나이였고 버거운 짐이었다.

언니는 선생님이 되어 아이들을 가르치고, 아이들이 좋은 어른으로 성장하도록 교사로서 책임을 다했다. 더 많은 응원과 지지가 필요한 학교에서 아이들의 든든한 울타리가 되었다. 내 10대에 언니가 있어 나도 선생님이 되었다. 좋은 선생님이 되어 내가 받은 사랑과 응원을 나누고 누군가에게 성장의 밑거름이 되자고 다짐했다.

누구도 혼자 저절로 크는 법이 없다.

테니스 선수 경험이
남긴 희망

초등학교 4학년 때 우린 매일 매일 연탄재를 날라 너른 땅에 뿌려댔다. 무엇에 쓰이는지도 모르고 아침이면 가방을 메고 양손에 연탄재를 들고 와서 너른 터에 던져놓고 발로 밟곤 했다. 그렇게 쌓인 연탄재들은 무수한 발길로 단단해졌고 고른 땅이 되었다. 얼마 후 단단해진 곳에 울타리가 처지고 그곳은 테니스 코트가 되었다. 1970년대는 우리나라에 테니스가 들어오면서 좋은 스포츠로 인기를 얻어가던 때였다. 4학년 겨울방학을 앞두고 우리 반에 체육 선생님이 오셨다. 머리 좋고 운동 잘하는 아이를 추천해달라고 하시니 담임 선생님이 '영미, 일어나.' 나를 불러 세웠다. 그렇게 테니스 선수가 되었다. 초등학교 6학년 때 충청남도 대표 선발대회에서 단체전 준우승했다. 그리고 당시 충남 대표 선수가 있는 충남여중에서 스카우트 제의가 들어왔다. 언니가 대전에 있는 고등학교로 입학해서 자취생활을 하던 때라 나는 스카우트 제의를 받아들여 전학을 갔고 본격적인 테니스 선수 생활을 했다. 중학교 3년은 교실에서 있었던 기억이 없다. 공부하는 것도 친구를 사귀는 일도 불가능했다. 테니스장이 내가 생활하는 주무대였고 삶이었다.

　운동을 하는 것은 때로 지옥 같았다. 폐활량이 적고 체력이 약한 나는 감당하기 어려울 만큼 힘들었다. 숨이 턱까지 차올라 죽을 것 같았지만 선생님이 무서워서 운동을 그만둔다고 말하지 못했다. 체력이 그 모양이니 실력이 좋을 수가 없었다. 하지만 제법 잘 돌아가는 머리로 팀 내에서 필요한 역할을 했고 복식 경기에는 꼭 필요한 카드였다. 코치 선생님의 일상화된 체벌, 그보다 더 무서운 선배들의 기합과 폭력은 공포 그 자체였지만 거부할 수 없었다. 그렇게 3년을 폭력이 난무하는 틈에서 훈련하고 충청남도 대표로 전국체전에 출전했다. 고등학교를 테니스 특기생으로 갔지만 계속할 체력이 없었고, 가능성이 전혀 보이지 않았다. 엄마와 함께 교무실로 가서 고등학교 체육 선생님께 사정을 거듭한 후 운동을 그만두고 공부를 시작했다.

　3년간의 공백은 매우 컸다. 영어, 수학 과목은 도무지 따라갈 수가 없었다. 중학교 교과서를 다시 잡았다. 수학은 매우 정직한 과목이었다. 노력한 만큼 결과가 나온다. 스스로 문제를 풀고 이해하면서 기초부터 차근차근 따라가다 보니 어느 순간 희열의 순간이 왔다. 다른 친구들에게 가르쳐줄 수 있을 정도가 되었다. 하지만 영어는 극복하지 못했다. 대신 제2외국어를 선택했고 공부도 상위권에 들었다. 그렇게 테니스 선수 시절 잃어버린 공부가 조금씩 회복이 되는 듯했다. 하지만 결정적인 순간마다 중학교에서 하지 못한 공부가 내 발목을 잡았다. 원하는 대학에 떨어진 것도, 대학원을 진학한 후 원서로 공부하기가 어려워 대학원을 포기한 것도, 그래서 교수의 길을 포기한 것도 거슬러 올라가면 14세 테니스 선수 시절이 있었다. 노력이 부족한 탓이지만 3년간의 테니스 선수 시절은 아주 적절한 핑계가 되었다. 하여 나는 중학교를 내 인생의 암흑기라고 불렀다.

사범대학에 진학하고 임용시험에 합격해서 교사가 되었다. 운동을 잘한다는 것이 직장 생활에서 아주 좋은 조건임을 알았다. 당시엔 주 1회 배구 시간이 있었다. 때론 인근 초등학교와 배구 시합을 했다. 여직원들은 어쩔 수 없이 참가하긴 하지만 어떻게 하면 빠질까 궁리하곤 했다. 테니스 선수였던 나는 공이 오는 위치를 몸이 먼저 알았고 피하지 않고 팔을 내밀었다. 배구 시합 시간에는 인기 폭발이었다. 더구나 당시 테니스가 유행이었다. 테니스는 배우기 쉬운 운동이 아니어서 여성들이 제대로 라켓을 휘두르고 공을 치는 사람이 많지 않았다. 라켓을 정확하게 휘둘러 공을 치는 여성은 어디서든 환영받았다. 나는 순식간에 주목받았고 남들은 줄을 대어야 들어갈 수 있는 테니스 동아리에 쉽게 들어갔다. 지역의 끗발(?) 있는 테니스클럽에 들어가서 힘깨나 쓴다는 지역 인사를 만나기도 했다. 군수, 부군

수, 지청장 등등 쟁쟁한 지역 인사들로 구성된 OB 테니스클럽이었다. 학교에서도 테니스를 쳤다. 내 테니스 실력이 빛을 발하는 순간이었고 나는 그 동아리의 중심이 되었다. 그중 지금의 내 남편이 있었다. 테니스 치고 저녁 먹다 술 한잔을 하면서 저절로 가까워졌고 우리는 결혼했다. 테니스가 맺어준 인연이었다. 나이 50이 넘어서도 내 몸은 운동하던 10대를 기억했다. 남다른 근골격을 가진 나는 주변의 부러움을 샀다. 운동을 했던 내 10대 상실의 시간이 육체의 재산으로 다가오는 순간이었다. 주위에서 60대엔 시니어 모델을 해보란다. 제2의 삶을 시니어 모델에 도전해 볼까? 좋은 선택지가 될 수 있겠다.

중학교 교사가 된 후 테니스 선수 경험은 내 수업의 단골 메뉴였다. 3월 아이들과 첫 만남을 테니스 선수를 한 경험으로 시작했다. 14세라는 나이는 긴 인생에서 아주 어리고 짧은 찰나의 순간이지만, 중요한 초석을 다지는 시기이다. 삶의 디딤돌을 놓는 10대의 경험이 얼마나 중요한지, 인생에서 어떤 영향을 주는지를 내 삶을 통해 전했다. 10대의 다양한 경험은 몸이 기억하니 많은 일을 해보라고 권했다. 운동을 하는 것도, 악기를 다루는 일도 몸이 기억한다는 말에 아이들은 고개를 끄덕였다. 열심히 들으면서 이야기에 공감하고 몰입했다. 첫 시간의 진지한 모습에서 배움을 잘 만들어 갈 수 있겠다는 희망을 보았다.

다양한 경험과 함께 숨 쉬는 것처럼 친하게 지내길 권하는 것이 있었다. 바로 '책 읽기'였다. 배움이 상실된 3년 시간을 딛고 다시 공부를 시작하고 교사가 될 수 있었던 것은 어린 시절 90권의 책 덕분이었다. 책의 힘을 이야기할 때 아이들은 크게 공감했다. 진솔한 체험에서 나온 이야기에 아이들은 숨 쉬는 것도 잊을 만큼 몰입하곤 했다. 내 삶의 암흑기가 아이들의 눈빛을 통해 다시 색을 찾는다.

암흑의 시간도 견디면 지나갈 것이고 삶은 또 흐른다. 인생의 암흑기라 생각했던 순간이 삶의 여정 속에 자연스럽게 스며들어 큰 도움이 되었음을 뒤늦게 깨닫는다. 경험은 언제 어떻게 쓰일지 알 수 없음을 내 삶을 통해 체득했고 몸이 기억하는 것이 얼마나 소중한가를 깨닫는다. 가만 보니 암흑의 시기만은 아니더라.

자신을 성찰하게 할
열등감의 변신

　형제들이 많다는 건 참 좋은 일이다. 위로 언니가 있고 세 명의 동생이 있었다. 온순했던 형제들은 사이가 좋았다. 좋은 추억이 많지만, 때론 비교의 대상이 되기도 했다. 특히 공부 잘하는 형제들이 있으면 더더욱 그렇다. 불행하게도 난 형제들 사이에 열등한 아이였다. 얼굴도 공부도 못 미쳤다. 늘 완벽을 추구하는 목표지향적인 언니와 시골 아이 같지 않게 뽀얀 얼굴에 공부도 잘하는 동생 사이에 난 어중간한 아이였다. 초등학교에 들어가서도 내 이름으로 불린 적이 많지 않았다. 권ㅇㅇ의 동생으로 불리다가 언니가 졸업한 후에는 권△△의 언니로 불리곤 했다. 겉으로는 털털 맞고 수더분한 아이였지만 마음속엔 잘난 언니와 동생 사이 열등감이 도사리고 있었다.

　초등학교 5학년, 테니스를 시작한 것도 이런 열등감이 작용하지 않았을까 생각한다. 공부는 내가 더 잘할 수 있는 영역이 아니었다. 몸이 빠르고 순발력이 좋은 나는 달리기를 잘하고 놀이도 잘했다. 학교에서 돌아오면 가방을 내던져놓고 놀러 나가기에 바빴다. 늦은 시간까지 놀다가 밥 먹으러 오라는 외침 소리에, 집에 와서 밥을 먹으면 노곤해서 잠이 들었다. 아침에 숙제가 생각나서 밥도 못 먹고 허둥지둥 숙제할라 치면 엄마는 동생에게 내 숙제를 도와주라고 했다. 난 동생에게 숙제를 넘기고 밥을 먹었다. 어른이 되어 과거를 추억하다 동생이 공부를 잘하게 된 것은 놀기 좋아하는 언니가 있어서 가능했다며 농담을 던지곤 했다. 언니 대신 숙제를 하며 선수학습을 했으니 그 말이 틀린 말은 아닌 듯하다.

언니와 동생보다 더 잘할 수 있는 것, 그것이 운동이었다. 초등학교 5학년부터 시작해서 중학교까지 테니스 선수 생활이 시작되었다. 그 선택이 내 인생의 큰 변곡점이 되리라곤 상상하지 못한 채 말이다. 테니스 선수 생활은 내 삶에서 그리 좋은 선택은 아니었지만 내 존재를 찾는 과정이었고, 내 삶의 중요한 변수가 되었다.

기시미 이치로, 고가 후미타케의 『미움받을 용기』를 읽으며 내 안의 열등감을 직면하게 되었다. 무기력한 존재로 태어난 인간이 무기력한 상태에서 벗어나려는 보편적인 욕구 '우월성'과 대조되는 감정이 '열등감'이었다. 열등감은 정상적인 노력과 성장을 하기 위한 자극이고, 제대로 발현하면 노력과 성장의 촉진제가 된다는 이야기에 무척이나 큰 공감을 하고 위로받았다. 스스로 행복해지려고 노력하는 것이 인간이다. 열등감을 인정하고 한 걸음 내디딜 용기를 가질 때 성장하는 것이라는 이야기를 읽으며 내 삶을 돌아보았다. 그리고 매일매일 교실에서 만나는 아이들을 온전하게 바라볼 수 있도록 노력했다. 내가 경험한 형제로부터 오는 열등감을 알기에 만나는 아이 중 잘난 형제에 가려진 그늘을 나는 아주 잘 이해했다. 그 친구들이 부정적인 감정에 흔들려 자신의 삶을 소비하지 않고, 자신을 있는 그대로 바라보면서 한 걸음 나아갈 수 있기를 바랐다. 그렇게 내 마음을 담아 따뜻한 말을 건넸다.

살다 보면 열등감이 한 걸음 나아갈 동력이 되기도 한다. 자신을 직면하고 약점은 있는 그대로 인정하되 장점을 살릴 것. 결국 어떻게 바라보느냐 시선의 문제다.

- 자신을 있는 그대로 인정하기
- 쓸데없는 비교에 내 귀한 시간을 허비하지 않기
- 내 소중한 마음을 벼랑 끝으로 몰아대지 않기
- 내 존재를 토닥토닥 격려해 주기
- 한 걸음 한 걸음 내딛는 자신의 성장에 귀 기울여 주기

따뜻한 온기로
마음을 담는 일

그와 결혼하고 30년을 살았다. 첫 발령지에서 만났다. 같은 교무실에서 3년을 동료 교사로 보냈다. 비혼주의자는 아니었지만, 결혼에 관한 관심이 없었다. 지금이었다면 겉모습만으로도 페미니스트라고 할 수 있을 만큼 씩씩했다. 굽은 어깨, 운동으로 다져진 단단한 체격, 스포츠 상고머리, 어둡고 간결한 옷차림, 씩씩한 억양과 말투, 바지런한 몸짓과 빠른 걸음걸이엔 여성적인 모습이라고는 찾아볼 수 없었다. 남학교에서 학생 취급을 받기도 했다. 화장이라고는 할 줄 모르고 거침없이 쏘다녔다. 테니스를 치고 운동장 수돗가에서 얼굴과 머리에 찬물을 끼얹고 툭툭 털면 그만이었다.

나보다 1주일 늦게 발령을 받은 그는 군대 제대를 하고 복직해서 군인 티가 온몸에 배어 있었다. 자취생이 많은 시골 학교는 결혼을 한 사람을 제외하고 퇴근하면 밥을 먹고 술 한잔 마시며 시간을 보냈다. 한솥밥을 먹다 보니 자연스레 마음이 흐르는 사람이 생겼다. 한 해에 한 커플씩 결혼했으니, 학교가 처녀·총각 커플매니저 역할을 했다고 해도 과언이 아니다. 우리는 서로 관심이 생겼고 연애를 시작했다. 좁은 지역에서 조심스레 사귄다지만 의심하는 날카로운 사람들이 생겼다. 누군가 의심의 눈길을 보내면 "동생 같은 친구야." 말했다. 한 살 어린 그였고 비혼주의자 같은 성향의 나를 의심하지 않았다. 그렇게 비밀 연애를 하고 결혼했다.

엄마가 가장 좋아하셨다. 혼자 살면 어떡하나 걱정하던 차에 결혼한다고 하니 남편이 그저 예뻤으리라. 그는 예쁜 행동을 많이 했다. 내 생일날이면 나 몰래 부모님께 영지버섯 같은 건강식품을 보내드리고, 동생 대학 등록금도 통 크게 쏠 줄 알았다. 자신에게 돈 쓰는 일은 아주 알뜰한데 사람을 챙기는 데는 아낌없이 썼다. 결혼한 후 참 따뜻한 사람임을 느끼곤 했다. 그렇게 그는 마음을 담는 일에 정성스러웠다.

빠르지 않지만, 꾸준히
도드라지지 않지만 잔잔하게
늘 그래왔다.

어느 날 사진 하나를 보여주었다. 동료에게 주는 결혼 선물이라고 했다. 하나뿐인 나무로 만든 쌀통이었다. 신혼살림에 늘 먹을 것이 넘쳐나 풍요롭기를 기원하는 마음을 담아 글을 새겨놓았다. 쌀통의 의미를 살린 문장과 앙증맞은 손잡이, 서랍 달린 쌀통이 너무 예뻐서 깜짝 놀랐다. 감각적이고 정성스러운 손길이 가득해서 받는 사람이 기뻐할 만큼 탐나는 쌀통이었다. 그는 그렇게 누구나 살 수 있는 물건이 아니라 시간이 걸려도 이 세상 하나뿐인 것을 만들어 선물했다. 학년 부장을 하면 같은 학년 선생님들을 위해 응원 의자를 만들어 주었다. 모양도 색깔도 다른 의자를 만들어 좋은 문구를 새긴 세상에 하나뿐인 응원 의자다. 한 달에 한 번 음식을 만들어 소박한 자리를 만든다. 그냥 사 갈 수도 있고, 음식을 나누지 않아도 뭐랄 사람도 없다. 그저 아무 일 없이 한 해가 잘 지나가기만 바라면서 보낼 수도 있을 텐데 새벽 일찍 일어나 달그락달그락 음식을 만든다. 새싹 쌈 튀김, 잡채, 샌드위치, 샐러드, 야채 삼색 부침 등등 과일과 함께 도시락에 담아 한 아름 들고 출근하곤 했다. 입대를 앞둔 동료를 위해 색소폰으로 〈입영열차 안에서〉를 불러준다. 봄에는 꽃 나들이를 기획하고, 가을에는 시를 읊고 〈10월의 어느 멋진 날에〉를 연주할 줄 아는 낭만적인 사람이다.

결혼하기 전에는 이렇게까지 섬세한 줄 몰랐는데 결혼하고 그의 일상을 보면서 그가 얼마나 다정하고 따뜻한 사람인가를 알아간다. 사람을 대하는 살가운 마음을, 그 마음을 전하는 정성스러운 손길을 보며 내가 많이 배운다. 무심한 편인 내가 나이를 먹어가면서 다정하다는 말을 많이 듣는다. 살갑게 말을 하긴 한다. 그러나 나는 냉정한 편이다. 누구에게 곁을 잘 내어

주지 않고 타인이 내 마음속에 들어오지 않도록 거리를 둔다. 그런 내게 온기가 느껴진다면 그것은 그와 살면서 자연스레 마음을 담는 일을 배운 덕분이리라.

  옆에 배울 수 있는 사람이 있다는 것은 참 좋은 일이다. 그의 온기로 나도 따뜻한 사람이 되었다. 아니 되어가는 중이다.

삶의 지평을
넓혀 준 책들

내 유년 시절을 찬란하게 빛내주던 90권의 책을 한동안 잊고 살았다. 중학교 3년은 테니스 선수로 보내느라 책을 곁에 둘 시간이 없었다. 하루 종일 훈련을 받느라 고단한 몸은 틈만 나면 쉬기를 원했고 책 읽는 것조차 사치로 여겨질 만큼 힘들었다. 고등학교에 올라가서 테니스를 그만두었다. 교실보다 운동장에서 보낸 시간이 많은 만큼 놓쳐버린 학업의 공백이 컸다. 고등학교 수업을 따라가랴, 놓쳐버린 기초학력을 보충하랴 정신없었고 친구들과 노는 재미도 컸다. 굴러가는 낙엽 소리에도 까르륵까르륵 웃고 재잘대는 바쁜 여고생이었다.

대학교에 진학해서는 장학금을 받아야 했다. 가난한 대학생은 등록금을 달라고 손 벌릴 염치가 없었고 어떻게든 내 힘으로 대학 생활을 마치고 싶었다. 대학 생활의 낭만을 뒤로 하고 장학금을 받기 위해 도서관에서 살았다. 전공책 외에 폭넓은 독서는 엄두를 내지 못했다. 세상을 보는 눈이 좁을 수밖에 없었다. 교사임용시험에 합격하고 발령을 받은 후에야 여유가 생겼다. 첫 발령지에서 만난 선생님들은 나를 좋은 선생님이 되도록 이끌었다. 아이들 앞에 부끄럽지 않은 교사가 되기 위해 고민하는 선생님들이 많았고, 선생님들과 함께 책을 읽고 토론하면서 학교에서 벌어지는 부당한 현실에 맞서기 시작했다. 지금으로 말하면 자발적인 전문적 학습공동체였다. 교육의 본질을 탐구하고 아이들을 따뜻하게 바라보는 시선을 첫 발령지에서 배웠다. 새내기 교사에겐 큰 행운이었다.

선생님들과의 배움은 책의 세계로 나를 이끌었다. 『교육이란 무엇인가』, 『역사란 무엇인가』, 『전환시대의 논리』, 『해방전후사의 인식』, 『다시 쓰는 한국현대사』, 『나는 빠리의 택시운전사』 등 올바른 역사의식을 배우며 더불어 사는 세상을 꿈꾸었다. 『태백산맥』과 『토지』, 『혼불』을 읽은 것도 그즈음이었다. 명치 끝 뜨거운 덩어리가 올라오는 것을 느끼며 밤새워 책을 읽기도 했다. 그렇게 세상을 보는 눈을 확장했고 좋은 교사가 되기 위한 관점을 키웠다. 참교육을 실천하던 선생님들이 쓴 『빛깔이 있는 학급 운영』은 교사들의 바이블이었다. 선생님들이 빼곡하게 기록한 보석 같은 실천 사례들을 학급 아이들과 실행하는 길은 좋은 교사가 되기 위한 여정이었다. 책을 읽고 함께 토론하면서 내 안의 책에 대한 애정이 되살아났다. 좋은 문장과 인상적인 내용을 공책에 적어 놓고, 시사 주간지를 각주 달아가며 읽는 나를 동료 선생님들은 신기해했다.

좋은 선생님이 되겠다는 열정으로 부지런히 배우고 아이들과 만났다. 익숙함은 때로 현실과 타협하게 만든다. 뜨겁게 타오르던 4년 시간을 지나 스스로 잘 해내고 있다며 안주하던 시기가 있었다. 수업은 활기찼고 아이들과도 즐겁게 만났다. 업무에 치이고 퇴근하면 가족들을 돌보아야 했으니, 책을 볼 시간이 줄어들었다. 책을 보아도 깊이 있는 독서가 되지 않았다. 그러는 사이 사유하는 힘을 잃었다. 쉬운 책을 읽었고 그마저도 완독하려면 시간이 걸렸다. 분명 읽었는데 다시 보면 처음 보는 듯했다. 책을 읽는 대신 휴대전화를 보는 시간이 잦았다. 그사이 내 배움과 성장도 멈춘 듯했다.

다시 책을 들었다. 유발 하라리의 『사피엔스』와 조르조 아감벤의 『호모 사케르』였다. 『사피엔스』을 읽으며 죽비를 맞는 느낌이었고, 『호모 사케르』는 망치로 머리를 가격당하는 듯한 느낌이었다. 인류의 위기에 맞서는 지식인들의 사유와 통찰은 날카로웠고, 성찰 없는 존재에 관한 질문이 담겨 있었다. 어떤 존재로 살 것인가에 대한 묵직한 질문들이 내 삶을 돌아보고 교단에 선 내 모습을 성찰하게 했다. 교실에서 나는 아이들과 무엇을 나누어야 할까? 우리 아이들과 함께 고민해야 할 것은 무엇인가? 사유 담긴 어른으로 성장할 수 있는 수업은 무엇일까? 어떤 교육과정을 만들어야 성찰이 가능할까? 스스로 질문을 던져보았다. 혼자서 가능한 일이 아니었다. 함께 고민하고 만들어가야 할 길이었다. 그 길이 혁신학교의 길이었다. 주저 없이 혁신학교를 선택했다.

혁신학교에 근무하면서 선생님들과 책을 읽고 공부하며 한 걸음 나아갈 수 있었다. 혼자가 아니라 선생님들과 함께 행복한 학교를 꿈꾸고, 아이들과 따뜻하게 만나는 혁신학교를 위해 노력했다. 그때 읽었던 책 중에 마음을 행복하게 했던 책이 수호믈린스키의 『아이들에게 온 마음을』이었다. 한장 한 장 책장을 넘길 때마다 저절로 미소가 지어졌고 마음에 따스한 평화가 머물렀다. 자연 속에서 아이들을 바라보고 아이들 속에 잠재해 있는 가능성을 찾아내는 선생님의 모습은 아름다운 동화 속 장면처럼 행복했다. 따뜻한 시선 속에는 어느 순간 빛나는 아이의 성장을 놓치지 않는 날카로운 관찰이 있었다. 찰나의 순간을 놓치지 않고 아이의 성장을 격려하고 칭찬하는 선생님의 다정한 예리함 속에 아이들은 스스로 능력을 발현하고 있었다. 교사의 세심한 관찰과 수업 디자인이 아이들을 찬란하게 만들 수 있음을 증명하는 책이었다. 교사의 역량이란 지식을 잘 전달하는 것도 중요하지만 성장의 순간을 놓치지 않는 세심한 관찰이라는 사실을 마음 깊이 새겨놓았다. 그 후 선생님들에게 마음을 전하고 싶을 때 『아이들에게 온 마음을』을 선물하곤 했다.

깊이 있는 교육과정을 위해 박동섭의 『비고츠키, 불협화음의 미학』, 존

듀이의 『민주주의와 교육』을 읽으며 교육 방법이나 수업 방법보다 교육의 본질에 관한 질문을 던졌다. 삶을 바라보는 어른의 사유는 황현산 선생님에게서 왔다. 『사소한 부탁』이나 『밤이 선생이다』를 읽으며 품격 담긴 사유와 삶에 대한 통찰을 배웠다. 지극히 편협하고 짧은 문학에 대한 배움은 신형철 평론가의 『몰락의 에티카』와 『느낌의 공동체』, 『슬픔을 공부하는 슬픔』을 통해서였다. 소설과 시에 마음을 주지 않는데 신형철 평론가가 건네는 소설과 시에는 삶과 사유가 담겨 있었다. 사회과학과 교육 관련 서적 사이 문학 관련 책을 읽기 시작했다. 박노해 시인의 시집을 읽기도 하고, 최근 여성 서사를 다룬 베릴 마크햄 『이 밤과 서쪽으로』, 아니 에르노 『여자아이 기억』, 정지아 『아버지의 해방일지』, 한강 『채식주의자』 등을 흥미롭게 읽었다.

가만 보니 나태함이 스며들 때 책이 있었다. 책을 읽으면 다시 나를 일으켜 세울 수 있었다. 경험이란 것이 큰 배움을 주지만 생활하는 공간과 만나는 사람들은 제한적이다. 생각보다 좁고 편협한 것이 인간이다. 그 한계를 책으로 극복하며 내가 가진 편협한 삶을 넘어 한 걸음 나아간다. 삶의 지평이 확장되는 순간이다.

삶의 중요한 고비에 책이 있다는 건 얼마나 큰 축복인가.

삶이 내면으로
들어오는 글쓰기

간헐적인 글쓰기를 해왔다. 대학 시절의 방황과 고민, 어설픈 치기가 담겨 있는 일기. 새내기 교사 시절 함께 썼던 교단 일기, 교사 10년을 넘길 무렵 열정이 무뎌지고 타성에 빠진 나를 채찍질하며 매일 매일 아이들과 만난 일을 기록했다. 교사 대상 독후감 대회에서 교육감상을 받았다. 당시 화제가 되었던 미하이 칙센트미하이 『몰입의 즐거움』이었다. 학급 운영을 하면서 한 달에 한 번 부모님께 편지를 보내드렸다. 학급 이야기, 중학교 아이들의 삶 등을 따뜻한 언어로 전하곤 했다. 산림청에서 주관하는 산림교육 체험수기에 공모하여 우수상과 함께 상금을 받았었다. 기분 좋게 한턱 냈더니 뿌듯했다.

컴퓨터에 기록했던 글들은 데이터 보관을 제대로 하지 못해 다 사라지고 없다. 저장하지 못한 글에는 교사로서 내 삶에 대한 반추부터 아이들과 만들어가는 길에서의 눈물, 웃음, 희망, 좌절 등이 담겨 있었다. 기한이 지난 컴퓨터를 옮기는 과정에서 그 기록을 날린 것을 뒤늦게 알고 얼마나 자책했는지 모른다. 내 교직 생활이 통째로 사라진 것처럼 애통했다. 그로 인한 상실감이 컸는지 한동안 글을 쓰지 않았다.

시간이 흘렀다. 반백 년을 돌아 다시 기록을 시작했다. 그 계기가 된 것이 국카스텐 음악이다. 참 뜻밖의 곳에서 글을 쓰기 시작했다. 삶은 누구를 만나고 무엇을 하느냐에 따라 길이 달라진다. 강렬하고 격정적인 사운드를 만들어내는 밴드 음악을 들으면서 글을 쓰고 나를 직면하는 일이 생기다니 스스로 이해되지 않았다. 음악을 통해 내면을 직면하면서 과거의 나를 만나고 현재의 나를 기록했다. 음악, 사람, 학교, 마을, 아이들, 자아 성찰 등 그렇게 기록한 것이 1,500여 편이 된다.

나는 과거의 기억에 참 약했다. 누군가 내 과거의 일들을 이야기하면 머릿속에 남아 있지 않은 장면들이었다. 어린 시절 더운 여름날 물놀이하다 잠들었던 일, 정월 대보름날 쥐불놀이하며 숨바꼭질하다 지푸라기 더미에 숨어서 잠들고 동네 사람들을 놀라게 한 일, 큰맘 먹고 비싼 겨울 코트를 사주었는데 운동장에서 놀다 소매 끝 털을 잃어버렸던 일, 바지가 허름하다며 심부름을 가지 않고 심통을 부리다가 혼난 일 등 내 과거인데 나는 기억하지 못하고 다른 사람들의 입을 통해 나왔다. '내가 그랬어?', '정말?' 그렇게 시작하다 허공 속에서 조금씩 모습을 드러내곤 했다. 타인에 의해 소환되던 과거가 글을 쓰면서 분명한 색채를 입고 다가오기 시작했다. 자연스레 내 삶의 궤적들이 서서히 윤곽을 찾아갔다. 봉인되어 있던 내 과거가 하나둘 걸어 나와 실체가 생기고 색깔을 찾아가는 경험이었다. 점점 더 선명해지는 것이 참 신기했다. 때론 선명하게 다가온 과거의 색채들이 누군가 이야기해 준 것을 그려낸 것인지, 내 기억 속에 실체로 남아 있던 일들인지 분명하지 않다. 그럼에도 나의 기억과 그들의 기억이 퍼즐 맞추듯 맞춰지는 것을 보면 현실임이 틀림없다.

어린 시절 90권의 책이 처음 우리 형제들에게 온 순간, 안데르센 동화집의 빨간색 양장이 제일 먼저 떨어진 장면, 묵묵히 일하시던 아버지와의 추억, 기억에서 지웠던 지옥 같던 테니스 선수 시절 등이 줄줄이 소환되었다. 내 삶의 가장 큰 지분을 가지고 있는 엄마도 그랬다. 한동안 잊고 살았다. 초등학교 졸업하고 부모님과 짜장면을 먹던 일, 언니 옷을 물려 입어 속상해하던 내 손을 잡고 가장 멋진 코트를 사주고 만족스럽게 웃던 엄마의 표정, 대전에서 자취하는 언니와 나를 위해 한 손에 쌀을 들고 다른 한 손엔 찹쌀떡과 반찬을 들고 택시비가 아까워 힘겹게 오르막길을 걸어오시던 모습, 고등학교 입학식에서의 기품 있던 여인 등을 잊고 살았다.

글을 쓰면서 부모님이 내 삶에 깊숙이 들어왔고 부모님이 나에게 남겨주신 유산이 무엇인지 알게 되었다. 내 과거의 흔적을 찾다 보니 현재의 내가 보였다. 참 묘한 일이다. 그냥 단순한 문장의 나열이 아니더라. 글을 쓰는 일은 나의 삶이 내 안으로 들어오는 일이고, 내 생각의 갈피를 정리하는 일이었다. 나를 직면하고 성찰하는 일이고 한 걸음 도전할 수 있는 용기를 주는 일이었다. 더 일찍 글을 쓰지 못해 아쉽고 안타깝지만, 더 늦지 않아서 다행이다.

글을 쓰면서 내 삶이 뚜벅뚜벅 걸어들어왔다.

벼리 둘

관계와 연대로
넓히는 삶

"인간의 뇌는 사람을 만날 때마다 '뇌와 뇌의 연결'이 활성화된다. 타자와 정서적으로 강하게 연결될수록 상호적 힘이 강화된다."

_다니엘 골먼, 『감성 리더십』

인간은
협력 지향적인 존재

'인간은 사회적 존재'라는 불변의 진리는 너무도 익숙한 명제다. 우린 늘 누군가의 도움과 지지로 성장하고 서로에게 의지하면서 한 걸음 나아가는 존재다. 내 삶도 그랬다. 태어나면서 부모라는 큰 울타리 안에서 양보하고 타협하면서 삶을 살아가는 태도와 사람을 대하는 방법을 배웠다. 학교에서는 친구들과 함께 어울리면서 관계를 맺고 인간다운 삶을 배웠다. 선생님이 된 후에는 아이들의 삶을 응원하고 단단한 어른으로 성장할 수 있도록 지원을 아끼지 않았다. 같은 길을 가는 선생님과 함께 고민하고 더 좋은 선생님이 되길 열망했다. 나태함이 자리 잡으려 할 때면 열정과 노력이 퇴색되지 않도록 성찰하곤 했다. 학교 안에서는 동료 선생님들과 함께했고 학교 밖에서 다양한 관계를 맺으며 안주하지 않으려 했다. 그 속에서 많은 배움이 있었고 좋은 선생님들을 만났다.

비고츠키 교육학 연수를 들으면서 그동안 아이들과 함께해 왔던 참교육 실천이 비고츠키 교육학에 기반하고 있음을 알았다. 인간 발달의 원천이 '사회'에 있고 협력 자체가 인지 발달의 토대가 된다는 비고츠키 교육학은 협력을 중시하는 학급운영과 협동학습이 배움과 성장에 중요한 역할을 했다는 확신을 갖게 했다. 교육의 본질을 찾는 연수를 들으며 학급운영과 배움이 있는 수업에 깊이를 더하려 노력했다.

연수를 듣고 다양한 곳에서 사람을 만나보니 협력을 중요하게 생각하는 곳엔 함께 성장하는 공동체가 있었다. 그리고 그 중심에는 좋은 리더가 있었다. 학교의 리더가 어떤 철학과 관점을 갖고 있느냐에 따라 학교가 달라지는 것을 보았다. 일과가 끝난 후 자신의 시간을 내어 지속 가능한 혁신학교를 위해 연구하고 협의하는 '새로운학교충남네트워크' 선생님들을 만나는 것은 즐거운 자극이었다. 치열한 입시 경쟁 속에서 교육은 어떻게 이루어져야 하는지, 교육의 본질을 찾고 미래 교육을 준비하는 선생님들에게 배웠다. 작은 학교를 살리기 위한 방안을 찾는 연구회에서 활동을 하기도 했다. 폐교 위기에 몰린 작은 학교를 유지하기 위해 다양한 교육과정을 만들고 실천하는 선생님들을 보며 감동했다. 선생님들의 부단한 연구와 치열한 자기 성찰은 보는 것만으로도 배움이었다.

사람들은 흔히 경쟁이 인간의 본성이라고 말한다. 경쟁을 통해 발전하는 존재라고 믿고 있다. 가난한 나라에서 교육은 경쟁의 장이자 성공의 발판이 되었다. 급속한 산업화 과정을 거치는 동안 무한 경쟁에 놓인 우리나라는 그런 인식이 더욱 크게 자리 잡았다. 그 결과 성공하려면 경쟁에서 이겨야 한다는 생각이 성적으로 줄 세우는 구조 안에 아이들을 몰아넣었다. 그러나 성적으로 아이들의 배움과 성장을 재단하는 교실에는 배움이 없다. 문제 풀이와 결과만을 중시하는 교실은 배움이 없고 점수만 남는다. 실종된 배움을 되찾기 위해 고군분투하는 선생님들이 많다. 경쟁이 아닌 협력하는 교실에서 아이들과 선생님은 함께 성장함을 알기 때문이다.

아이들을 만나는 교실은 경쟁이 아닌 협력의 장이어야 한다. 협력하는 교실은 평화롭고 서로를 존중한다. 협업할 때 아이들의 얼굴은 빛나고 그 순간은 활기가 넘친다. 함께 논의하고 문제를 해결하는 과정은 성장의 과정이기도 하다. 내가 만난 아이들도 경쟁이 아니라 협력할 때 배우고 성장했다. 협업의 순간을 즐기는 것이 인간의 본성이자 성장의 열쇠이다. 인간은 본질적으로 경쟁보다 협력 지향적 존재이다.

준비된 자에게
기회는 온다

대학 진학을 앞두고 대학입학 학력고사가 있었다. 선생님과 진학 상담을 통해 원하는 대학에 원서를 내보기로 했다. 그러나 불안한 점수였다. 1차 전형에 합격하고 2차 면접을 본 후 최종 합격자 명단을 확인하러 언니와 함께 서울에 갔다. 내 이름이 없었다. 불합격을 확인한 순간 고생하신 부모님 얼굴이 떠올랐다. 그냥 내 존재가 사라졌으면 좋겠다고 생각했다. 불합격했다는 사실을 전할 순간을 직면하고 싶지 않았다. 하지만 전해야 할 소식이었다.

원하는 대학에 떨어지고 다음으로 선택한 대학은 지방 사립사범대학이었다. 학과 수석으로 입학했으나 실패의 경험은 강렬했고 원하는 대학이 아니었으니 기대도 없었다. 몸은 학교에 있으나 시선은 다른 곳을 향해 있었다. 장학금이 필요해서 도서관, 집을 오가며 지냈다. 수석으로 입학한 덕분에 교수님들의 인정을 받아 학점은 늘 높았다. 요점 정리한 공책은 친구들의 공유물이었고, 결혼한 후 입학한 만학도 동료에게 큰 도움이 되었다. 공책 덕분에 형(당시엔 선배나 오빠를 형이라 불렀다) 집에 뻔질나게 드나들며 언니가 해 주는 공짜 밥을 먹었다. 가난한 자취생에게 정말 고마운 언니였다.

운동으로 다져진 체격에 살짝 굽은 어깨, 쇼트커트에 씩씩한 걸음걸이, 거칠 것이 없는 몸짓은 다른 사람들 눈에 띄었나 보다. 같은 학과 학생들만이 아니라 다른 학과 학생에게도 주목받았다. 특히 사회교육과 친구들과 친하게 지냈다. 사회교육과 친구들이 전공책을 공부하다 가끔 이해가 안 되면 나에게 물었다. 창의성은 부족한데 이해력은 좋아서 내가 이해한 대로 이야기를 하면 수긍하곤 했다. 어렸을 때 읽었던 90권의 책이 문장을 이해하는 데 큰 도움이 되었다. 공부하는 건 그리 어렵지 않았다. 운동의 고통과 고난에 비하면 공부는 정말 쉬운 일이다. "세상에서 공부가 가장 쉬웠어요."라는 말, 참 재수 없지만 맞다. 운동을 하고, 몸의 한계를 경험하면 공부가 가장 쉽다는 것을 실감한다.

2학년 1학기였다. 삶이 우울했고 몸이 아팠다. 1등 장학금을 놓쳤다. 부모님께 돈을 보내달라고 전화했던 순간의 죄책감은 지금도 아픈 기억이다. 어떻게 해서든 보내주실 분들이지만 어떻게 해서든 보내주시는 분들이

기에 더 편하지 않았다. 용돈을 아꼈다. 아껴 쓰고 또 아껴 썼지만, 어느 날 돈이 떨어졌다. 비극은 한꺼번에 온다고 했던가? 돈이 떨어지니 비누도 떨어지고 먹을 것도 다 떨어졌다. 누군가에게 내 처지를 말하는 것도 궁색하고 자존심 상했다. '차라리 굶자.' 아무것도 먹지 못하고 하루를 굶었다. 허기진 배를 이기지 못해 좁디좁은 방 안을 샅샅이 뒤졌다. 혹시 옷 주머니에 동전 하나 있을지 가느다란 희망을 담아서 말이다. 아무것도 나오지 않았다. 힘없이, 고개를 떨구다 비키니 옷장 아래를 들춰보니 하얀 동전 하나가 보였다. 반가운 100원짜리 동전을 들고 가게에 가서 당시 양 많고 맛도 좋은 옥수수빵을 사 들고 집에 왔다. 물 한 잔 앞에 놓고 벽에 기대어 빵 한 조각 입에 넣는데 컥컥 목이 메었다. 우적우적 빵을 구겨 넣는데 삼킬 수가 없었다. 무척이나 먹고 싶었던 빵이었는데 무슨 맛인지도 모를 만큼 서러움이 차올랐다. 눈물이 흐르고 멈추지 않았다.

당당한 듯했지만 가끔은 이렇게 외롭고 빈한했다. 그럼에도 지치지 않고 대학 생활을 할 수 있었던 것은 교수님들의 지지 덕분이었다. 수업 시간에 열심히 듣고 공부하는 나를 응원해 주시고 내 얕은 재능을 높이 평가해 주셨다. 2학년 때 학술발표회가 있었다. 학과에서는 가장 큰 행사였고 그동안 발표는 3학년, 4학년 선배들 몫이었다. 학술발표회를 앞두고 교수님이 불렀다. 이번 학술발표회에 발제하면 좋겠다고 말씀하셨다. 2학년인 나에게 이런 기회가 온다는 사실에 기뻤고 과연 내가 해낼 수 있을지 불안감이 동시에 밀려왔다. 겉으로는 당당한 듯 보여도 남들은 모르는 소심함이 있었다. 잠시 망설였으나 욕심이 한발 앞섰다. 많은 선배를 두고 나에게 제안을 해 주신 교수님 때문이라도 열심히 준비했다. 한껏 긴장한 채로 단상에 올라 보니 강당에 사람이 꽉 차 있었다. 선배들 틈에 유일한 2학년이었으니 부담이 컸고 많은 사람 앞에서 발표하는 일이 처음이라 몹시도 떨렸다. 부들부들 떠는 내 손과 흔들리는 종이가 야속할 정도였다. 누가 볼세라 손에 힘을 주었지만 무용지물이었다.

내 차례가 되었다. 크게 심호흡하고 발표를 시작했다. 미묘하게 흔들리는 떨림. 그런데 그 떨림조차도 그대로 발표의 순간이 되고 어느 순간 익숙해졌다. 목소리는 좀 더 단단해지고 정돈되었다. 무대를 내 것으로 만들어가는 첫 경험은 생각보다 달콤했다. 떨리고 두렵지만 동시에 그 떨림을 기꺼이 받아들이고 무대에 서는 일을 즐기는 듯했다. 정확하게는 그 긴장감 뒤에 오는 성취를 원하는 것이었음을 뒤늦게 알았다. 교수님의 제안 덕분에 나는 연단에 서는 것이 어떤 의미인지 알았다. 기회가 온다면 내 것으로 만들어야 한 걸음 나아갈 수 있음을 경험했다. 학술제를 통해 내 위치를 찾았고 다른 곳에 시선을 두지 않았다. **그곳이 내가 있어야 할 곳이고 내 현재였다.**

아무에게나 기회가 주어지지 않는다. 준비된 자에게 기회가 온다. 기회를 자기 것으로 만든 경험으로 우리는 성장한다.

삶은 변수의
연속

대학을 졸업한 후 2년 동안 대학 학과사무실 조교로 있었다. 대학 교수가 되고 싶었다. 욕심은 가졌으나 실력이 미치지 못했다. 가장 문제는 영어였다. 중학교 때 테니스 선수로 거의 모든 시간을 운동장에서 보내느라 포기했던 영어가 내 발목을 잡았다. 대학원에 진학했으나, 빈약한 영어 실력으로 원서를 읽고 내 것으로 만들기엔 역부족이었다. 실현하기 어려운 목표였다.

돈을 벌어야 하는 나는 결국 교사가 되기로 결심했다. 당시엔 사립대학을 졸업하면 공립학교 교사가 되지 못했다. 사립대학을 졸업하던 해, 같은 재단에 있는 고등학교에 지원했다. 수업하고 면접을 보았는데 결과는 불합격이었다. 사립학교의 교사 채용 비리가 많은 때였다. 재단의 입김이나 돈이 있어야 가능하다는 말도 많았다. 수업 시연과 면접을 제법 잘 보았다고 자부했는데 납득이 되지 않았다. 더구나 난 졸업식에서 졸업생을 대표하는 전교 수석 졸업생이었다. 졸업장과 상을 거부한다며 입시 비리에 대한 항변을 하기도 했지만, 재단의 반응은 없고 학과 교수님의 난처한 표정만 보였다. 다른 사립학교에 서류를 제출했지만, 학교 교사가 될 길이 쉽게 보이지 않았다. 교수님이 행정 조교직을 제안했다. 공부를 할 수 있는 조교 자리는 솔깃한 제안이었다. 공부하고 일하며 2년을 보냈다.

진로를 고민할 무렵 운 좋게 교육공무원 임용후보자 선정경쟁시험 발표가 나왔다. 당시 국공립학교 교사는 국립사범대학 졸업생들의 전유물이었다. 졸업하면 자연스레 발령이 나던 때, 임용시험은 국립사범대와 교대생들에게 날벼락 같은 제도였다. 국립사범대학 학생들의 임용시험 반대 시위가 드높았고 시험장에서 시위하는 사람들 옆을 지나가는 발걸음이 무거웠다. 하지만 돈 없고 인맥 없는 나에겐 기회였다. 기회만 주어진다면 시험은 자신 있었다. 자신 있다기보다 공립학교에 갈 기회가 나에게도 주어진 것이다. 돈을 쓰지 않아도, 인맥이 없어도 시험으로 갈 수 있다면 그것만으로도 희망이었다. 가산점이 있는 국립대학 졸업생들보다 불리한 조건이었고 사립대학에서 뽑는 인원도 제한적이었다. 충남에서 사립대학 졸업생 임용 인원이 2명으로 기억한다.

교육공무원 임용후보자 선정경쟁시험에 합격했다. 가산점 적용 대상자가 아니니 상대적으로 점수가 낮았다. 바닷가 지역으로 발령을 받았다. 지금은 나름 큰 도시가 되었지만, 그때 그곳은 작은 시골로 여겨졌다. 교수님께 바닷가 지역에 발령받은 사실을 말하니 그렇게 외진 곳에 가지 말고 이곳에서 공부하며 길을 찾으라고 권하셨다. 잘못된 결혼이라면 아예 청첩장도 보내지 말라고 말씀하셨다. 당시 신문에는 외딴곳에 발령받은 여선생이 순결을 잃어버려 울면서 결혼했다는 소문, 아니 사건들이 보도되던 때였다. "아무개와 결혼한다고 연락하면 가지 않는다." 웃으며 말씀하셨지만 나를 아주 많이 걱정한 말씀이었다.

학교가 있는 서산은 시골이 아니었다. 제법 도시였고 학교 규모도 컸다. 몇 달 지내다 보니 가르치는 것이 재미있고 무엇보다 동료들이 참 좋았다. 먹는 것이 풍부하니 인심도 좋았다. '울면서 들어갔다가 울면서 나온다'는 말이 전해오는 곳이었다. 외딴 시골이라 울면서 들어갔는데 생활해 보니 먹을 것이 풍부하고 정이 많은 곳이라서 눈물 흘리며 헤어진다는 말이었다. 정말 그런 고장이었다. 많은 걱정을 안고 들어갔는데 정이 가득한 사람들을 만났다. 헤어질 때 작별이 아쉬워서 눈물 펑펑 쏟으며 헤어졌다.

삶은 변수의 연속이다. 원하는 것은 쉽게 얻어지지 않는다. 그럼에도 준비한 자에게 길이 보인다. 그 길이 애초 내가 원하는 길은 아니더라도 그 또한 내 길이 될 것이다. 지름길로 가고 싶지만 쉽지 않고 그 길이 꼭 내 길일 수 없다. 변수 있는 삶에서도 배움은 있고, 그 배움이 곧 나의 길이 된다.

좁지만 아름다운 오솔길도 있고,

냇가 돌 많은 서덜길도 있고,

눈 쌓여 아무도 가지 않는 숫눈길도 있다.

삶은 그 길 위에 있고 우린 걸어간다.

착한 교사보다
좋은 선생님

첫 발령지는 충남 바닷가 근처의 남자중학교였다. 새내기 여교사는 가끔 아이들에게 휘둘렸지만, 좋은 선생님이 되고 싶은 열정은 뜨거웠다. 아이들은 경험이 없어서 서툴지만, 자신의 이야기에 귀를 기울이는 교사에게 조금씩 마음을 열었다. 아이들과 함께라면 즐거웠고 반짝거렸다.

좋은 선생님이 되겠다는 부푼 꿈이 있었지만, 현실은 냉혹했다. 당시 학교는 희망과 분노가 교차한 공간이었다. 학교 교무실은 정해진 틀에서 한 치 벗어남이 없었다. 관행이라는 이름으로 부당하고 일방적인 지시들이 쏟아졌다. 강제 자율학습과 방과후수업, 지시와 통제 위주의 학교 규칙, 관료주의 가득한 학교 문화, 일상화된 체벌과 폭력 등 나 스스로 이해할 수 없는 일을 아이들에게 강요하는 일이 빈번하게 벌어졌다. 아이들에게 부끄럽지 않은 선생님이 되고 싶었다. 도종환 시 「어릴 때 내 꿈은」처럼 좋은 선생님이 되는 것이었다. 침묵하는 착한 교사가 아니라 아이들과 희망을 만드는 좋은 선생님이 되고 싶었다. 하지만 학교는 순종하고 침묵하는 착한 교사를 원했다. 착한 교사는 결코 좋은 선생님이 될 수 없는 구조였다.

아이들을 위한 교육, 함께 사는 세상을 꿈꾸는 선생님들이 참교육의 깃발 아래 전국교직원노동조합이 만들어지고 합법화 투쟁을 하던 때였다. 떳떳한 선생님이 되기 위해 우린 목소리를 내었고 조금씩 변화의 조짐이 보였다. 참교육을 위해 서로 배우고 토론하면서 부당한 지시에 어떻게 대응할지 고민했다. 부당한 지시와 억압적인 분위기가 만연한 학교를 바꿔야 한다는 선생님들의 암묵적인 지지와 응원이 있었다. 전교조 가입 여부와 상관없이 관리자를 제외한 선생님들이 보내주는 심정적인 지지는 큰 힘이 되었다.

그렇게 내 첫 학교는 전교조 선생님을 중심으로 옳지 못한 지시에 당당하게 목소리를 내는 곳이었다. 어느새 나는 부당한 지시와 억압적인 관리자에 맞서 부당함을 논하고 대안을 제안하는 벌떡 교사가 되어 있었다. 내가 먼저 치고 나가는 발언을 하면 다른 선생님의 지지 발언이 이어졌다. 옳지 못한 일에 대한 이의 제기였고 합리적 대안을 제시하니 관리자도 함부로 하지 못했다. 무엇보다 함께하는 선생님들이 많았다. 그러는 사이 교장에게는 가장 가고 싶지 않은 곳, 교사들에게는 가고 싶은 학교가 되어 있었다. 그냥 만들어진 연대가 아니었다. 아이들에게 부끄럽지 않은 교사가 되려는 마음이 있어서 가능했다.

한 걸음 더 나아가 공부 모임을 시작했다. 지금으로 치면 전문적 학습공동체이다. 그때 우린 공동의 교단 일기를 썼다. 지금 누군가의 손에 간직하고 있을 교단 일기. 30년이 흐르면서 그때 썼던 내 일기를 다시 보고 싶었다. 나는 무엇을 고민하고 무엇을 위해 살았는지, 내 기억 속 흔적이 아니라 기록으로 남겨진 사실과 마주하고 싶어졌다. 나는 착한 교사였을까, 좋은 선생님이었을까 궁금했다. 교단 일기를 가지고 있는 선생님을 찾아서 연락했다. 드디어 교단 일기가 내 손에 도착했다. 두렵기도 하고 설레기도 하는 과거와의 조우 앞에서 떨렸다.

기록은 추억을 공유하는 장(場)이자, 나를 확인하는 도구였다.

교사의 배움은
전문적 학습공동체로부터

과거의 나를 만났다. 동료와 함께 기록한 교단 일기를 한동안 잊고 살았다. 블로그에 글을 쓰고 내 삶을 돌아보면서 교단 일기가 있음을 기억했다. 내 기억 속에는 좋은 선생님이 되기 위해 노력하는 사람으로 남아 있는데 기억의 조작은 아닌지, 진심으로 좋은 선생님이 되기 위해 노력을 했는지 궁금해졌다.

일기를 앞에 두고 살짝 긴장되었다. 나를 마주한다는 것, 그 미묘한 감정을 한 마디로 규정하기 어렵다. 긴장감과 설렘이 교차했다. 일기는 1993년 10월 16일(토)로 시작되었고 내가 떠난 후에도 1996년 11월까지 지속되었다. 1권은 내가 함께한 교단 일기, 2권은 내가 떠난 후 남은 사람들의 희망과 고민이 담겨 있었다.

첫 장을 넘긴 순간 휘갈겨 쓴 익숙한 필체가 눈에 들어왔다. 내 글이었다. 낯설었다. 너무 오랜만에 보는 손 글씨에 낯익은 필체가 그곳에 있었다. 읽으면서 젊은 치기의 허세가 느껴져 얼른 넘기고 말았다. 한 장 한 장 넘겼다. 참 신기했다. 글씨체에도 글에도 쓴 사람의 성향과 개성이 고스란히 드러났다. 수줍은 듯한 오○○ 선생님 글에는 풋풋한 열정과 아이들에 대한 한없는 사랑이 담겨 있었고, 흐트러짐 없는 단정한 필체의 한○○ 선생님 글에는 자신에 대한 성찰과 부당한 교육 현장에 대한 차분한 분노가 결연한 의지와 함께 담겨 있었다. 분회의 리더였던 박○○ 선생님은 나아갈 방향과 조직을 두루 아우르는 통찰이 보였고, 섬세한 최○○ 선생님 글에는 아이들에 대한 따뜻한 시선과 문제에 직면하는 결기가 보였다. 씩씩하게 휘갈겨 쓴 내 글에는 강인함이 묻어났다. 진짜 강함이 아니었다. 강해 보이고 싶은 겉멋이 들어 있었다. 당시 글에도 삶에도 그것이 보였다. 교육 현장에 대한 고민이 담겨 있지만 내 진짜 모습이 보이지 않았다. 삶이 일기 속에 드러나지 않았다. 글을 읽으면서 속으로 많이 부끄러웠다. 다정한 듯 친절했지만, 누구에게도 속내를 보이지 않고 곁을 주지 않는 내 모습이 일기에도 고스란히 들어 있었다. 속으로는 상처 입고 질투하고 스스로 부족한 나를 자책하곤 했는데 강철 같은 대오로 함께하자고 외치고 있었다. 그렇게 스스로 채찍질하고 있었다. 때론 힘겨웠고 많은 시간 행복했다. 그래도 희망으로 넘쳤다. 지금보다 획일적이고 억압적인 학교인데도 벅찬 희망이 있었던 것은 서로에게 힘을 주는 동료들이 있었기 때문이었다.

별뉘, 그 찬란함이 주는 힘

열정은 가득하지만, 경험이 없던 나는 4년 반 동안 서툴고 어리숙한 시간을 보냈다. 학교와 선생님 간의 갈등이 많았고, 거친 아이들과의 힘겨루기 사이에서 웃고 울면서 많은 시간을 보냈다. 수업에 대한 열정은 앞섰지만, 경험이 없는 나는 아이들을 나의 의도대로 끌고 가지 못했다. 욕심은 많아서 딴짓하는 아이들을 그냥 두지 못하고 모두 다 함께 눈을 빛내며 참여하길 원했다. 그 간극은 나와 아이들 사이 감정의 어긋남으로 귀결되곤 했다. 속상한 마음에 혼내고 꾸짖으면 아이는 '너도 별수 없는 선생이구나.' 하는 눈빛으로 나를 바라보곤 했다. 그렇게 우린 서로에게 상처를 주고받곤 했다. 속상하고 마음이 아파서 그런 나 자신을 책망하면 옆에서 위로해 주는 동료들이 있었다. 좋은 동료들이 있어 조금씩 마음을 열고 아이들과 가까워졌다.

부당한 현실을 마치 당위처럼 요구하는 학교에 우린 때로 분노하고 저항했다. 우리가 부당함에 맞서 싸우려면 알아야 했다. 더욱 열심히 아이들과 만나고 옳은 것을 실천해야 했다. 1주일에 한 번씩 만나 공부를 하고 토의를 했다. 주제를 정해 발제하고 토의하다 보면 12시가 넘는 날이 많았다. 피곤함보다 늦은 밤까지 토의하고 대안을 찾아가는 우리가 대견스러워 서로 위로해 주고 토닥여주었다. '교육이란 무엇인가?', '아이들을 어떻게 보아야 하는가?' 등 근본적인 교육철학과 성찰부터 생활지도 문제, 부당한 요구에 대한 우리들의 대안 등이 주된 주제였다. 그곳에서 4년 반을 보냈다.

수업을 잘하는 것만이 좋은 교사가 아니라는 것을 배웠고, 아이들과 함께 하는 방법이 무엇인지를 고민하고 찾았다. 동료들과 함께 나아가는 경험을 했고, 부당함에 맞서면 바꿀 수 있음도 알았다.

청춘이었다. 열정이 있기에 가능했다. 아이들이 있었기에 행복했다.

함께 고민을 말하고 같은 곳을 바라보는 동료가 있어 힘이 났다. 첫 발령 지가 이토록 좋은 학교였다. 교사로서 가장 큰 선물이었다. 내가 30여 년간 아이들과 학부모에게 '좋은 선생님'이라는 말을 들을 수 있었던 것은 첫 발 령지가 훌륭했기 때문이다. 교사의 배움은 동료 교사로부터 온다. 예나 지 금이나 전문적 학습공동체는 교사를 성장하게 하는 가장 큰 원동력이다.

과거의 나를 찾기를 잘했다. 비록 그 시절 허세가 보이고 좌충우돌 서툰 모습이지만 치열한 고민이 있었다. 동료 교사와 함께 시간과 생각을 공유 한 그 시절의 내가 오늘의 나를 응원하고 있었다. 그 연결을 느끼는 순간 과거의 내가 사랑스러워졌다.

언제나 1순위는 아이들, 영원한 스승님

　새내기 교사로 많은 것을 배우고 투쟁하면서 강렬한 시간을 보낸 후 부여로 이사를 했다. 오랜 역사를 품고 있는 지역은 사람들이 온화했고 아이들도 온순했다. 무엇보다 좋은 선배 선생님들이 많았다. 우리 부부에겐 더할 나위 없이 든든한 선생님들이었다. 사람 향기 가득해서 고향같이 푸근했다. 사람이 좋아서 그런지 길도, 사람도, 문화도, 학교도 모두 평화로웠다. 전교조 부여지회 선생님들은 모두 형과 누나, 언니, 오빠들이었다. 우리 부부는 그저 선배님들과 함께하면 좋았다.

　가장 사람 향기 짙은 선생님이 계셨다. 최교진 세종특별자치시 교육감님, 아니 최교진 선생님이다. 나에게 '최교진'은 '교육감님'이 아니라 '선생님'이다. 최교진 선생님은 남편과 같은 학교에 근무했었다. 결혼하고 나는 서산에 남았고 남편은 부여로 발령받아서 6개월간 주말부부를 했다. 남편

혼자 있는 집은 뒤풀이 장소로 안성맞춤이었다. 전교조 모임이 있으면 최교진 선생님과 선배 선생님들이 우리 집에 와서 맥주 한잔으로 깊은 정담을 나누었고, 아침에는 남편이 끓여주는 해장국을 먹고 함께 출근했다.

6개월 후 나도 부여로 발령을 받았고 최교진 선생님과 자주 만났다. 최교진 선생님은 전교조 충남지부 행사와 전국교사대회 연단에 서면 열변을 토해내어 사람들의 마음을 뜨겁게 달아오르게 하는 연설가였다. 마주 앉아 이야기를 나눌라치면 세상 따뜻한 오라버니였다. 소탈한 말씀과 환한 웃음에 아이들 사랑이 뚝뚝 흘러넘쳐 듣는 내가 사랑받는 기분이었다. 함께 근무한다면 나도 덩달아 더 좋은 선생님이 될 것 같았다. 학교를 옮겨야 할 때가 왔고 가까운 학교를 두고 먼 거리의 학교를 선택했다. 최교진 선생님이 계신 학교이기 때문이었다. 한 해를 최교진 선생님과 근무했다. 발령 인사를 하기도 전에 전화가 왔다.

"권 선생님이 함께하면 좋겠어요."
"네, 할게요."

그해 유독 3학년 학생들이 거칠었다. 아무도 담임을 맡으려 하지 않으니, 당신이 힘든 친구가 있는 1반을 맡으시고, 나에게 덜 힘든 2반을 맡으라고 하셨다. 망설일 이유가 없었다. 거친 아이들은 이미 초임지에서 경험했었고 최교진 선생님이 계시니 거부할 이유가 없었다. 같은 학년을 함께

할 수 있으니 그 또한 기쁨이었다. 3월 2일 개학식부터 심상치 않았다. 담임을 피한 이유가 확 와닿는 첫날이었다. 초임지 아이들보다 더 거칠고 다듬어지지 않은 아이들이었다. 조직 폭력배 같은 고등학생들이 우리 아이들을 죽이겠다고 달려올 만큼 거친 아이들이 있어도 두렵지 않았던 것은 최교진 선생님이 함께했기 때문이었다.

그 겁 없는 아이들을 아버지같이 너른 마음으로 품고 또 품어주셨다. 한 아이라도 배움을 청하면 끝까지 남아 아이에게 공부할 공간을 열어 주시고 아낌없이 지원해 주셨다. 아버지같이 푸근하게 아이들을 품지만 옳지 못한 일에는 단호한 언어로 씩씩대는 아이를 설득하셨다. 선생님과 나는 반 구분 없이 아이들과 함께했다. 아이들이 자신의 삶을 찾아갈 수 있도록 고민하고 해결 방법을 찾았다. 아무도 손댈 수 없을 것 같은 질주하는 야생마들이 조금씩 조금씩 품에 들어왔다. 그 힘으로 아이들은 무사히 졸업했고 각자의 길을 향해 떠났다.

아이들에게만 푸근한 선생님이 아니었다. 아들 생일날엔 귀여운 둘리 팬티를 선물로 챙겨주시는 정 많은 오라버니이자 큰 형님이었다.

내가 기운 잃고 방황하면 어느새 알아채셨다. 전교조 지역 대의원을 할 때였다. 앞에 나서는 일을 꺼렸지만, 여성할당제 때문에 대의원을 하게 되었다. 전국대의원회의에 참석하게 되면 발언하는 사람들이 어찌나 논리적이고 철학이 단단한지 주고받는 공방이 끝이 없었다. 같은 교사인데 저 사람들은 어떻게 저렇게 강한 신념을 가지고 논리정연한 발언을 하는지 깊은 내공이 존경스러웠다. 길고 지리한 공방에 머리는 지끈지끈 아픈데도 감탄하며 들었다. 그리고 나를 보면 초라했고 논리는 빈약했다.

최교진 선생님께 내가 느끼는 자괴감을 이야기했다. 그때 선생님이 하신 말씀이 세상 따뜻해서 잊히지 않는다.

"그 사람들이 이론적으로 무장한 사람이라면 넌 그 이론을 아이들과 만나며 실천하는 사람이야. 아이들에겐 화려하고 강한 말보다 따뜻한 말과 눈빛이 더 필요해. 넌 그 사람들이 갖지 못한 따뜻함을 가졌어."

선생님의 그 소탈하고 부드러운 말씀이 큰 위안이 되어 울컥했었다.

1년을 함께 보내고 교직을 떠나셨다. 먼 길을 돌아 다시 교육 현장을 찾으셨고 세종특별자치시 교육감으로 돌아오셨다. 선거를 앞두고 연락이 왔다. 선거 홍보영상을 만들고 있는데 교사가 본 최교진에 대해 솔직하게 이야기해 주기를 제안하셨다. 누가 될까 더 훌륭한 분을 제안했지만 내가 하면 좋겠다고 하셨다. 영상을 찍는 일에 매우 수줍어하고 서툰 나였지만 다른 사람도 아닌 최교진 선생님이기에 거절할 수 없었다. '교사 최교진'을 나는 아주 잘 알고 있었다. 그냥 너 괜찮은 교사라는 영혼 없는 칭찬이 아니라 사람을 세심하게 바라보고 그 사람의 장점을 찾아내어 인정해 줄 줄 아는 어른. 한없이 친절하다가도 배움을 위해서는 단호한 목소리로 힘을 모으고 실행하셨던 어른. 아이들을 세심하게 관찰하고 하나하나 소중하게 여기는 어른, 생각이 다른 사람을 배척하지 않고 함께하신 어른이었다. 어설픈 모습으로 영상에 '최교진 선생님'을 이야기했다. 교육감으로 멋지게 성공하길 빌었고 마음속 깊이 응원했다.

세종특별자치시교육청에서 근무하는 교사가 아니었기에 '교육감 최교진'을 잘 알지 못한다. 충청권 교육청(충남, 충북, 세종, 대전) 정책협의회 실무 교사로 참석하면서 교육혁신 정책이 가장 탄탄하게 자리 잡고 있음을 확인할 수 있었다. 혁신학교 평가단으로 세종특별자치시 혁신학교를 방문하면 세종교육청의 철학과 방향이 일선 학교 교육과정에 구현되어 있었고 혁신학교 교육과정을 내실 있게 운영하고 있었다. 무엇보다 교육청에 대한 학교 현장의 신뢰가 견고해 보였다.

그리고 2023년 8월, 국회의사당 앞 그 뜨거운 뙤약볕 아래에서 최교진 선생님, 아니 최교진 교육감님을 보았다. 교사들이 서이초 선생님을 추모하며 "현장의 목소리를 반영하라."를 외치던 현장이었다. 내가 존경하는 어른의 모습이었다. 그런 분으로 계속 계셔주셔서 어찌나 반갑던지. 얼른 카톡을 보냈다.

무대 위 선생님을 보았노라고,

정말 감사하다고,

교사들의 연호하는 소리에 내 마음이 더 뜨거웠노라고

감사의 마음을 담아 보냈다.

최교진 선생님은 내게 가장 큰 스승님이다.

민주적 리더십이
가져온 평화

2019년 송남중학교를 두 번의 도전 끝에 왔다. 첫해는 즐거움과 서글픔이 공존했다. 중학교 아이들에게 '사유'라는 말을 사용할 수 있어 행복했다. 아이들과 수업은 내게 즐거운 자극이 되었고 그 시간을 그냥 버리기엔 너무 소중해 글로 남기곤 했다. 교무실은 때로 서글펐다. 학교와 학생을 바라보는 관점이 다른 선생님들의 간극이 서글펐고 고민을 나눌 어른이 없어서 버거웠다. 한 해를 누구에게도 마음 터놓고 말할 수 없는 날 선 아픔이 있었다.

2020년 여름방학, 몰아치던 폭우로 학교 옆 저수지 댐이 범람해서 마을에 물난리가 났었다. 나는 봉정암 등산을 위해 설악산 자락에 도착한 날이었다. 전국에 비가 내리고 있었고 내가 사는 지역과 학교의 물난리 사진이 넘쳐났다. 심란한 마음에 휴대전화를 클릭하며 비 소식이 그치기만을 기다렸다. 하지만 거리가 잠기고 학교 운동장에 물이 넘친다는 소식만 들려왔다. 그날 밤 학교에서도 마을에서도 전화가 왔다. 마을에서 전화가 오면 학교 담당자에게 연락하고 다시 마을에 연락하여 학교 강당을 피난처로 제공했다. 학부모님께 메시지 보낼 것을 당부하고 긴급한 일이 있으면 연락을 달라고 했다. 긴 밤을 뜬눈으로 보냈다. 설악산을 들어서지도 못하고 이른 아침에 설악산을 출발해서 학교로 갔다.

학교로 가는 길에 뻘밭 같은 송남초등학교의 처참한 모습은 충격이었다. 부모님에게 메시지를 보냈는지 확인해 보니 그 쉬운 메시지조차도 보내지 않았다. 학교에 책임질 어른이 없었다. 그렇게 기댈 어른 없는 학교에서, 해야 할 일들은 많고 선생님들 사이 간극을 조정하느라 늘 무거운 짐이 누르는 듯했다. 교장 공모제를 놓고 깊은 고민을 하면서 교무실에서 보이는 구성원들의 이중적 태도에 분노했으나 대안을 찾아야 했다. 어려운 결단 끝에 혁신학교를 위해 꼭 필요한 선생님께 전화했다. 전화기 너머 선생님의 목소리를 듣는 순간 눈물이 터졌다. 그동안 혼자 짊어져야 했던 서글픔과 이제 나도 의지할 곳이 생겼다는 안도의 눈물이었다. 선생님은 전화기 너머로 눈물을 흘리는 내 목소리에 당황하신 듯했다. 선생님과 나는 눈물을 흘리며 깊은 속내를 나눌 만큼 친분이 있지 않았다. 눈물이 멈추지 않아서 누가 볼세라 교문을 나가 논두렁길을 따라 걸으며 한참을 통화했었다. 통화를 마친 후에도 붉어진 눈을 감추느라 또 논두렁길을 서성거렸다. 그리고 드디어 송남중학교에 유재홍 교장선생님이 오셨다. 일주일 지났을 때 아이들이 말했다.

"선생님, 교장선생님이 오신 후로 학교가 평화로워진 것 같아요."

환하게 웃으시는 아침 등굣길 맞이부터 교실 복도 구석구석 다니시며 휴지를 줍고 필요한 것은 없는지 살뜰하게 살폈다. 교장선생님의 따뜻한 보살핌이 아이들에게 저절로 그런 평화를 느끼게 한 것이다. 사실 이틀이면 충분했다. 교장선생님이 오신 후 홍수로 피해를 본 가정은 없는지, 학교에서 할 일은 무엇인지 챙기고 필요한 지원을 아끼지 않았다. 할머니와 생활하는 학생 집을 방문하여 열악한 주거환경 실태를 파악한 후 송악면사무소와 아산시청을 방문하여 가정 환경을 개선하기 위해 협의를 하고 구체적인 지원 방안을 마련하는 일도 10일 만에 이루어진 일이었다.

누구보다 기쁘고 든든했던 사람은 나였다. 학교와 마을을 잇는 마을교육과정과 배움이 있는 교육활동을 함께할 수 있는 어른이 오신 것이다. 그 위안과 희망이 너무도 커서 '나에게도 어른이 생겼다.'라는 제목의 글을 블로그에 썼다. 그리고 아이들과 선생님들이 행복한 만큼 교장선생님도 이곳에서 따뜻한 기억을 가득 안고 퇴직하시기를 기원했다. 그 길에 내가 돌다리 하나 놓아드리면 좋겠다는 바람이었다. 교장선생님의 재임 기간 혁신학교가 단단하게 뿌리내리고 깊어질 수 있도록 나도 최선을 다하리라 다짐했었다.

상황은 쉽게 흘러가지 않았다. 전 세계에 정지버튼을 누르게 한 코로나19는 모든 교육과정을 멈추게 했다. 다채로운 교육과정을 운영하려 했던 학교는 학생들이 없는 공간이 되었다. 70여 일 후 학생들이 등교했지만, 마스크로 입을 가리고 가림막을 사이에 둔 학교는 다양한 교육활동을 펼칠 수 없었다. 그럼에도 우리 학교는 교육활동을 멈추지 않았다. 아이들의 배움이 멈추지 않도록 교육과정을 운영하였다. 어려운 상황 속에서도 교육공동체가 위기를 극복할 수 있었던 것은 학교장의 결단이 있었기에 가능했다. 배움을 위한 과감한 결단, 아이들에 대한 사랑과 헌신, 사람에 대한 배려와 따뜻함은 선생님의 가장 큰 무기였다. 따뜻한 리더십으로 3년 동안 혁신학교는 단단해지고 교육과정이 풍요로워졌다.

유재홍 교장선생님 재임 기간에 송남중학교는 학교를 새로 지었다. 좁고 낡은 건물을 부수고 교육 3주체가 함께 학교 공간을 설계하였다. 5년간의 긴 시간을 거쳐 드디어 학교가 완공되었다. 문화 복합 공간으로 탄생한 로비 공간, 평화로운 들녘과 산이 펼쳐지는 뷰 맛집 도서관, 다양한 활동을 할 수 있는 학생 자치 공간, 크고 넓은 교실 등 시골 학교에 볼 수 없는 공간을 만들었다. 그 중심에 유재홍 선생님이 있었다. 임시 교실과 공사 현장을 살피며 아이들이 안전하게 생활할 수 있도록 지원하고 좋은 건물이 만들어질 수 있도록 구석구석을 다니며 세심하게 살폈다. 온몸에 피곤함이 가득 묻어나셨다. 선생님의 헌신과 부지런함 덕분에 송남중학교는 50년을 넘어 100년을 책임질 건물이 탄생할 수 있었다.

일반적으로 교장실은 권위적인 장소이다. 교실만큼 큰 규모, 커다랗고 묵직한 원형 탁자와 의자들, 굳게 닫힌 보이지 않는 내부 등 쉽게 들어가기 어려운 곳이 교장실이다. 그런데 선생님이 계신 교장실은 달랐다. 학생들이 협의할 수 있는 긴 탁자와 의자들이 있고 아이들이 와서 달콤한 간식을 먹을 수 있는 친근한 공간이었다. 혼자 계실 때는 스탠딩 탁자에 서서 책을 읽으셨다. 책상 위엔 책들이 가득 쌓여 있었고 점심시간이면 아이들과 독서 동아리를 하셨다. 입학식과 졸업식에서 교장선생님의 축사는 형식적인 절차로 다가온다. 그런데 선생님의 축사는 그냥 스쳐 가기에 너무 귀한 말들이 담겼다. 아이들에게 주는 문장들이 어른에게도 아이들에게도 울림이 있어 몰입해서 들었다. 선생님의 깊은 독서와 사유의 힘이 만든 몰입이었다.

한 아이라도 소외되지 않도록 다정하게 살피셨고 어려운 일이 생기면 혼자의 일이 아니라 우리 모두의 일이라며 함께 모여 협의하고 문제를 해결하였다. 선생님들이 서로 배우고 성장할 수 있도록 지원하고 아이들과 독서 동아리를 하며 함께 성장하기를 멈추지 않으셨다. 늘 겸손하고 다정한 모습으로 우리를 감동하게 하고 나를 돌아보게 했다. 어른으로 우리 곁에 계셔주셔서 얼마나 힘이 되었는지 모른다. 어른과 함께한 모든 순간이 배움이었다.

선생님이 퇴직하신 후에도 우린 선생님을 보내드리기가 아쉬웠다. 귀한 인연을 계속 잇고 싶었다. 몇몇 선생님과 독서 모임을 만들었다. 어른의 깊은 독서의 세계에 우리도 한번 들어가 보고 싶었다. 사유의 힘을 어떻게든 함께 하려는 욕심이기도 했다. 독서 모임 이름은 **'책방 사이'**다. 책으로 우리를 채우는 방, 어른의 사유를 배우고 싶다는 사사로운 욕심으로 만나 서로를 이롭게 하는 모임이라는 뜻을 담았다. 우리의 영원한 어른, 유재흥 선생님과 함께할 독서 모임이 있어 배움은 지속된다.

꽃과 함께 온
마음의 깊이

 어디든 존재감이 확실한 선배가 있다. 온몸에 에너지가 가득한 선배는 어느 모임에서도 돋보였다. 분명하게 자기 생각을 표현할 줄 알고 넘치는 흥은 모든 사람을 즐겁게 했다. 어디서 그런 에너지가 나오는지 부러울 정도였다. 연단에 오르는 일도 무대에 서는 일도 주저함이 없었고, 다른 사람보다 한발 앞서 새로운 영역에 도전할 줄 알았다. 그 도전의 길에 함께할 사람을 모으고 함께 나아갈 수 있도록 지원을 아끼지 않았다. 타고난 리더였다.

 가만히 있어도 아우라가 느껴지는 선배는 늘 멈추려고 하는 나에게 자극을 주었다. 혁신학교 네트워크, 교과서 발간, 지역 연구회 등에 내가 참여해서 역할을 해 주기를 제안했다. 어떤 일은 함께하고 어떤 일은 감당할 여유가 없어 멈추었다. 사실 어느 것도 깊이 있게 들어가지 못했다. 나아가지도 않고 멈추지도 않고 어정쩡한 줄다리기를 했다. 나에 대한 확신이 부족한 결과였다. 그럼에도 새로운 도전 앞에 나를 떠올려주는 선배가 고마웠고, 덕분에 나는 세상을 좀 더 넓게 볼 수 있었다.

2022년 난 고민이 많았다. 공모 교장 선택을 앞두고 결단을 내려야 했다. 훌륭한 어른이 만들어 놓은 토대에서 좋은 사람들과 행복한 학교를 만들어볼 수 있는 기회였다. 교직을 의미 있게 마무리할 수 있는 멋진 도전이었다. 과연 잘해낼 수 있을까? 교사로서 나는 괜찮은 사람이지만 교장으로서 당당하게 발 딛고 서서 필요한 일에는 주저함 없이 조율할 수 있을까? 함께 협력하며 따뜻한 교육공동체를 만들 수 있을까? 수많은 물음표가 맴돌았다. 지금의 교육공동체를 만들기까지 힘들었던 과정을 생각하면 혁신학교가 뿌리내릴 수 있도록 하는 것이 내 역할이라는 생각도 들었다.

누군가의 조언이 필요했고, 가장 먼저 떠오른 사람이 선배였다. 나보다 먼저 지금의 학교를 근무한 경험이 있었고 전교조, 혁신학교 등등 공통 분모가 많아 중요한 결정을 내릴 때 생각나는 선배였다. 무엇보다 평교사에서 공모 교장의 길을 가고 있는 선배였기에 앞선 경험을 듣고 싶었다. 학교에 대한 분명한 철학을 실현 시킬 수 있는 중요한 자리이고 선생님들과 함께 행복한 학교를 만들어가는 일은 신나고 흥미로운 일이라고 했다. 학교장으로서 행복한 경험을 이야기할 때는 목소리에 힘이 담겨 있었다. 가치 있는 도전임이 틀림없지만 그만큼 책임이 따르는 자리라는 말씀에 공감이 갔다. 학교와 마을을 가장 잘 알고 이해하는 사람이니 교장의 역할을 하면 좋겠다고 조언하셨다. 누구보다 잘해낼 것이라는 따뜻한 응원과 격려도 함께였다.

오랜 시간 고민에 고민을 거듭하고 책무성과 개인의 행복 사이 긴 줄다리기 끝에 '수업하는 교사의 길'을 선택했다. 그리고 가장 따뜻한 곳에서 가장 아름다운 퇴직을 했다. 내가 해야 할 소임을 다하지 못한 듯한 무거움과 함께 난 개인주의자를 선택했다. 퇴직이 결정된 후 선배에게 전화가 왔다. 선배의 믿음을 저버리고 교장이 아닌 퇴직을 한 후라 떳떳하지 못했다. 하지만 4년 교장 임기를 끝내고 퇴직한 선배를 만나고 싶었다.

여전히 멋졌다. 흰머리도 매력 있고, 수영장을 다녀오는 길이라며 선글라스를 쓴 선배는 활기가 넘쳤다. 옷 하나를 걸쳐도 멋스러웠다. 감각적인 선택도 한몫하지만, 자신감이 만들어내는 것이리라. 점심을 먹고 카페로 향했다. 간결한 공간 안에 싱그러운 꽃과 화초가 편안하고 부드러운 분위기를 연출하는 곳이었다. 마을과 학교 이야기를 나누다 교무실에서의 어려운 상황을 이야기하게 되었다. 교장 공모를 포기한 데도 미묘한 관계에서 오는 어려움이 작용했었다. 내가 했던 고민을 충분히 공감해 주셨다. 상황에 대한 안타까움과 함께 저마다 가지고 있는 마음속 아픔을 이야기로 풀어내셨다. 사람에 대한 깊은 공감과 따뜻한 마음이 담긴 이야기를 들으며 다시 한번 선배가 좋아졌다.

인간에 대한 이해와 공감이다. 한 걸음 떨어져 있어 가능한 공감이기도 했지만, 선배의 마음이 깊은 탓이리라. 카리스마 있고 강단 있고 자기주장이 선명하지만, 사람의 마음을 이해하고 아픔을 보듬어주는 선배가 가진 마음의 깊이였다. 건강한 점심과 커피도 좋았는데 삶의 지혜까지 배운 시간이었다. 그리고 나를 닮았다며 꽃다발을 안겨주셨다. 선배와 헤어지고 내가 좋아하는 소박하고 잔잔한 꽃을 한 아름 안고 집으로 걸어가는 길, 행복하더라.

인생의 선배이자, 같은 과목을 가르치는 동료이자, 앞서서 길을 열어 주신 김화자 선생님께 깊은 고마움을 전한다.

연대와 협력으로
성장하는 선생님

지속 가능한 혁신학교를 위한 네트워크가 있다. 혁신학교가 단단하게 뿌리내릴 수 있도록 끊임없이 고민하고 사람과 사람을 연결하는 역할이 새로운학교충남네트워크의 일이다. 교육청에 혁신학교 관련 정책 제안을 하기도 하고, 혁신학교의 가치와 철학을 담은 연수를 기획하고 운영한다. 혁신학교 선생님들을 지원하기 위해 컨설팅을 하고 학교와 학교, 선생님과 선생님을 연결하면서 서로 응원하고 성장한다. 나는 네트워크 운영위원으로 참여하기도 하고 중등 연수부를 제안받기도 했지만 늘 허덕였다.

내 업무 하나 건사하기도 바빴고, 네트워크 일까지 하기엔 체력과 역량이 허락하지 않았다. 협의회에 가끔 빠지기도 하고 연수 참여를 망설이는 나를 보며 스스로에게 실망하곤 했다. 어중간하게 들여놓은 발이 마음에 걸려 놓아버리려 했으나 늘 앞장서는 선생님들이 눈에 밟혔다. 나는 아이들이라도 다 컸지만, 네트워크 집행부 선생님들은 어린 자녀를 가진 젊은 선생님이 많았다. 학교에서는 혁신학교의 리더 교사로 바쁘고, 학교 밖 전문적 학습공동체를 주관하면서 네트워크 일까지 보는 일이 얼마나 힘든 일인지 내 업무와 시간을 미루어보면 알 수 있었다. 나보다 두 배의 시간을 살아가는 듯 보였다. 몸이 몇 개는 있는 사람들처럼 시간을 쪼개고 중요한 일들을 추진했다.

무엇보다 자신의 자유와 편안한 일상을 뒤로하고 헌신하는 선생님들의 모습을 차마 외면하지 못했다. 내 부족함 대신 더 밝은 에너지로 채워줄 선생님을 찾았으나 쉽지 않았다. 열정 있고 능력 있는 선생님에게 네트워크 일을 제안하면 이미 학교 안과 학교 밖에서 많은 일을 하고 있고 일에 지쳐 소진되어 가는 상태였다. 그렇게 나는 부채 의식과 함께 자리 한쪽 구석을 채우는 임원이 되었다.

네트워크 회의에 참석하면 늘 선생님들에게 매료되었다. 혁신학교를 위해 나아가야 할 방향은 무엇인가? 우리 단체의 정체성을 어떻게 만들어가야 할까? 혁신학교가 깊이 뿌리를 내릴 수 있으려면 무엇을 담아내야 할까? 변화와 확장을 위해 어떤 연수를 기획하고 운영할까? 점차 소진되어 가는 선생님을 위한 프로그램은 무엇일까? 퇴근한 후 모여서 늦은 시간까지 이야기를 나누다 보면 어느새 참신한 연수가 기획되곤 했다. 선생님들이 기획하고 진행하는 연수는 잔잔하면서도 감동이 있어서 연수에 참여한 선생님들은 지친 몸으로 왔다가 희망을 담아가곤 했다. 그 감동엔 탁월한 역량을 가진 선생님들의 노력과 헌신이 있었다. 그렇게 많은 일들을 알맹이 꽉 채워 해내는 선생님들을 보면 저절로 존경스러웠다. 얼굴은 버석해지면서도 또다시 희망을 만들고 방법을 찾아나갔다. 그 모습에 난 매번 감동하고 감탄했다. 여력이 부족해 나갈 기회를 엿보면서도 연대의 실을 놓지 못한 것은 선생님들의 열정과 헌신에 대한 내 나름의 책임감 때문이었다. 주도적으로 함께하지는 못할지라도 손 하나 더하는 것의 소중함을 알기에 고민하면서도 함께했다. 결국 네트워크 이사의 자리까지 왔다. 명함만 걸친 이사라서 늘 부채 의식을 가지고 말이다.

이 멋진 선생님들이 지쳐간다. 더욱 삭막해지고 치열한 교육 현실이 선생님들을 지치게 만든다. 소진되는 일꾼들이 걱정스러웠다. 그 사이 새로운학교충남네트워크가 10주년이 되었다. 10주년을 맞이해서 그동안 걸어온 길을 돌아보고 또다시 내일을 기약한다. 지칠 만도 한데, 주춤할 만도 한데 선생님들은 서로를 주춧돌 삼아 다시 힘을 내어본다. 서로에 대한 믿음과 연대다. 그렇게 그들은 더 나은 내일을 위해 자신의 시간을 더하고 도전을 멈추지 않는다.

세상은 연대의 가치를 알고 뚝심 있게 나아가는 사람이 있어 발전한다.

그들이 그렇다. 최근 선생님들의 길이 갈수록 힘들어진다. 과거로 퇴보하는 정책과 교육철학 없이 추진되는 AI 교과서 등 교육 현장은 배움과 연대가 함께 하는 혁신학교의 길과 멀어지고 있다. 위기는 강한 연대를 만든다. 선생님들은 버석한 얼굴에도 서로 응원하며 희망을 만들어간다. 선생님들이 나아가는 길이 우리 아이들에게는 빛이 될 것이다. 그래서 나는 묵묵히 미래를 향해 나아가는 선생님들의 발걸음을 응원한다.

꿈틀꿈틀 와글와글
재미난 마을

　재미난 마을이 있다. 아산시 송악면에 있는 송악마을이다. 이 마을을 혁신학교 일을 하면서 알았다. 학교와 마을이 함께 아이들을 돌보며 더불어 사는 의미를 찾아가는 마을이었다. 어느 순간 유행처럼 들려오는 '아이 하나를 키우는 데 온 마을이 필요하다.', '온 마을이 학교다.'라는 화두를 구현하는 마을이었다. 정말 그런 마을이 있을까? 어떻게 만들어졌을까? 무엇이 그들을 움직이게 했을까? 더불어 사는 공동체를 꿈꾸는 학교와 마을에서 자라고 배운 아이들은 과연 다를까? 참 궁금했다.

　드디어 송악마을에 있는 송남중학교로 발령을 받았다. 학교에 근무하면서 마을을 하나둘 탐험하기 시작했다. 전형적인 시골 마을이었다. 광덕산과 설화산이 마을 뒤로 펼쳐지고 평화로운 들녘엔 온화한 삶이 펼쳐지는 곳, 그런 농촌 마을이었다. 골목골목 돌담길 따라 세월의 흔적이 묻어나고 새로운 희망을 꿈꾸며 온 사람들이 모여 과거와 현재가 공존했다. 동시에 미래를 만들어가는 마을교육공동체였다. 평화로운 풍경이 저절로 만들어진 것이 아니었다. 그 중심에 마을 소통 공간 '해유'가 자리 잡았다.

5월과 10월 마을 축제가 있다. 조그만 마을에서 이렇게 다채롭게 예술 활동을 하고 있는지 몰랐다. 오랜 경험과 내공을 가진 연극 동아리, 좋은 노래를 함께 부르는 합창 동아리, 멋진 무대를 펼치는 문화예술 기획단, 가족 단위 공연, 어르신들의 색소폰 연주, 부부의 성악 무대, 아빠 밴드, 마을 3개 학교의 밴드와 댄스동아리 공연 등 무대는 차고도 넘쳤고 각기 고유한 개성을 담아낸다. 규모는 작지만 지역 축제만큼 화려하면서도 다채롭게 펼쳐진다.

환경, 농업, 그림 등 다양한 부스와 아이들이 운영하는 체험 부스까지 할 것이 많고 다양해서 지루할 틈이 없었다. 부침과 떡볶이, 치킨과 국수, 국밥, 어묵, 맥주와 막걸리, 카페 등 푸짐한 먹거리 장터까지 즐거운 축제의 장을 마련한다. 마을 사람들의 시간과 땀으로 운영하는 먹거리 장터는 수익금을 마을 아이들 장학금과 고등학교 교복 지원금 등으로 사용한다. 참 좋은 어른들이다.

아이들은 마음껏 축제를 즐긴다. 유치원과 초등학교 아이들은 장난감과 다양한 물건을 가져와 알뜰장터를 열고, 중학교 학생들은 체험 부스를 운영하여 수익금을 마련하고 기부를 한다. 환경 캠페인을 하는 초등학교 아이들의 해맑은 표정은 보는 것만으로도 사랑스럽다. 작은 시골 마을에 이렇게 아이들이 머물고, 와자지껄 놀고 즐기는 모습은 쉽지 않다. 진정한 축제의 장이고 문화 향유의 공간이다.

축제와 마을 행사를 기획하고 운영하는 것은 마을교육공동체 '오늘'이다. '오늘'은 송악마을의 다양한 협동조합, 학교와 교육 기관, 주민자치 등이 함께 하는 마을교육 네트워크다. 월 1회 회의를 통해 마을 행사와 각 기관의 프로그램을 공유하고 함께 준비한다. 시골 학교는 학생 수가 줄어들어 고민이 많다. 시골 학교를 살리기 위해 함께 대안을 찾는 것도 '오늘'이 하는 중요한 일이다. 이 모두가 청년과 아이들이 건강한 마을 시민으로 자라서 지속 가능한 공동체를 만들기 위한 큰 그림이기도 하다. 마을 회의는 때론 치열하고 때론 묵직한 질문이 오가지만 함께 하는 사람들의 목소리엔 힘이 있다. 함께 살만한 세상을 만들어간다는 희망이 있어 가능하다.

마을은 더불어 살기 위한 삶이 무엇인지 고민한다. 치열한 경쟁과 상처 주는 사회에서 마음을 나누고 더불어 사는 삶을 꿈꾸며 이곳에 온 사람들이 많다. 성적으로 줄 세우는 교육이 아닌 서로 협력하고 연대하는 교육을 중요하게 생각하고 더 나은 세상을 만들기 위해 한 걸음 나아가려 한다. 아이들이 성적과 입시에 매몰되고 사회가 강요하는 삶이 아니라 스스로 자신의 삶을 살 수 있도록 진로 프로그램도 잊지 않는다. 마을의 초등학교와 중학교를 졸업한 후 좋은 대학, 성공하는 직업이 기준이 아니라 스스로 길록 만들어가는 선배들을 모아 진로에 대한 생각을 나눌 자리를 마련한다. 재학생과 졸업생이 인생의 선후배로 만나 미래를 고민하면서 이야기를 나누는 장면은 참 아름답다. 불확실한 미래 앞에 누구나 불안하다. 느리지만 단단하게 자기 길을 찾아가는 선배의 이야기를 들으며 위로를 받고 한 걸음 나아가는 아이들을 보는 것은 흐뭇한 일이다.

4월 16일에는 학교와 마을이 만나 진심 담긴 세월호 기억문화제를 연다. 3개 학교가 학교에서 한 활동을 마을에서 공유하고, 세월호 유가족과 연대하여 응원의 마음을 전한다. 의미를 담은 공연과 프로그램을 운영하며 잊지 말 것을 다짐한다. 5월 18일은 5·18 민주화운동 기억문화제를 운영한다. 5·18 민주화운동 영상과 송남중 학생들의 오월길 방문 영상 상영, 마을 연극 동아리의 공연 등 5·18 민주화운동의 의미를 되새기고 기억하고 기록하기를 멈추지 않는다. 기억하는 것이 내일의 희망을 만들어가는 길이라 믿기 때문이다.

시골 마을엔 도서관이 없다. 하교 후 갈 곳 없는 아이들에겐 동네 편의점이 아지트이다. 마을 사람들은 아이들이 쉬고 머물 공간을 만들기 위해 동분서주한다. 마을 소통 공간에 지역아동센터를 만들어 공부할 수 있도록

하고, 지자체에 아이들이 머물 공간을 만들어달라고 끊임없는 제안을 한다. 청소년을 위한 문화공간을 만들기 위해 지자체에 공간과 예산 확보를 위해 끊임없이 노력했다. 몇 년 안에 청년과 청소년이 만나서 미래를 여는 공간이 탄생할 것으로 확신한다. 마을 사람들의 간절함이 크기 때문이다.

시골 마을엔 외로운 어르신들이 많다. 오래전부터 마을 교회에서 후원받아 반찬을 만들고 일주일에 한 번 도시락을 배달해 왔다. 식사를 혼자 해결해야 할 어른에겐 생존을 위한 도시락이다. 대략 25가구의 도시락을 준비하고 배달하는 일이 조그만 마을에서 자발적으로 이루어진다. 지금은 중학교 학생들과 학부모가 함께하고 있다. 마을과 학교가 함께 손잡고 나눔을 실천하는 진정한 마을 돌봄의 현장이다.

마을은 깨끗하고 사랑스러운 자연환경을 가졌다. 산으로 둘러싸인 평화로운 마을에 사람들이 찾아들고 사업체가 들어오면서 마을의 생태환경이 나빠졌다. 반딧불이가 영화처럼 빛나던 곳인데 개체수가 많이 줄어들었다. 마을협동조합은 생태환경을 보존하기 위해 아이들을 대상으로 생태교육을 한다. 아산시지속발전가능협의회에서는 반딧불이 개체수를 보존하기 위해 매주 모니터링을 하고 서식지를 지키기 위해 열정과 시간을 아끼지 않는다. 어른들이 하던 반딧불이 모니터링에 중학교 학생들과 학부모가 함께 참여하면서 활동의 가치가 깊어졌다.

다양한 활동엔 예산이 필요하다. 정부 부처와 지자체의 정책 공모 사업에 지원서를 제출하여 예산을 확보한다. 하지만 해마다 변수도 많고 정책 방향이 달라지면 예산 확보가 어려울 때도 있다. 카페를 운영하고 건강한 재료로 정성을 담아내는 식당을 운영하여 기금을 마련하기도 한다. 마을의 틀이 잡히고 사업이 축적되면서 역량이 쌓이고 사업이 확장되었다. 마을 교사를 육성하고 마을 청년 교육도 열심이다. 한 해를 마무리하는 12월엔 마을교육 포럼을 개최한다. 마을교육공동체가 해왔던 일들을 공유하고 내년을 준비하는 포럼이다. 학생들도 어른들과 함께 참여하여 필요한 제안을 한다. 그 힘으로 마을은 한 걸음 또 나아간다.

이런 일이 지속 가능한 것은 지속적인 연대의 힘이다. 마을협동조합을 중심으로 운영되는 마을은 다양한 기관을 연결하는 네트워크를 구축하였다. 마을의 일꾼, 협동조합 대표, 학교 관리자와 마을교육 담당 교사, 학부모 대표, 아빠 대표, 주민자치 대표, 교육청 장학사 등이 모인다. 마을의 중요한 사업과 추진 과정, 학교 교육과정에 대한 공유, 마을과 학교가 함께 할 수 있는 일 등이 송악마을교육네트워크 '오늘'을 통해 논의되고 추진된다. 네트워크 협의회에 참석해 보면 이 사람들이 얼마나 마을교육공동체에 진심인지 단박에 알 수 있다.

마을 일은 쉬운 일이 하나도 없다. 협동조합 일꾼을 제외하고는 생업이 있고 바쁘다. 그럼에도 마을 일에 모두 시간을 내어 함께 하고 웃고 수다스레 대화를 나누며 서로를 응원한다. 이렇게 좋은 어른들이 마을에 있고 그들의 활동이 있어 마을은 살아 숨 쉰다. 사뿐사뿐, 훨훨, 다정다감, 시끌벅적, 우당탕, 꿈틀꿈틀, 와글와글 순식간에 많은 일을 만들고 실행한다. 건강한 마을 시민들이 모여 마을살이를 일구고 아이들은 마을이 만들어 준 경험으로 성장한다.

마을이 만들어내는 색채는 새뜻하다. 나는 그 새뜻함에 취하곤 했다. 최근 다채롭고 의미 있는 활동이 알려져서 대통령상을 받기도 하고 다양한 매체와 방송에 등장하곤 한다. 이 마을, 그럴 이유가 차고도 넘친다. 마을 안으로 들어가면 더 따뜻하고 사람 향기 그윽하다. 이 사랑스러운 마을을 알게 되어 나도 행복했다. 마을의 학교는 떠났지만, 앞으로도 천천히 다가가야겠다. 그리고 그들의 이야기를, 삶을 생생하고 풍성하게 기록하려고 한다.

학교와 마을이
함께 손잡고

내가 근무했던 학교는 마을과 함께 배움의 길을 가고 있다. 처음부터 학교와 마을이 친했던 것은 아니다. 시골 마을에 사람들이 떠나면서 초등학교가 폐교될 위기에 처했다. 학교가 없는 마을은 희망이 없다. 학교를 살리기 위해 선생님들이 앞장섰다. 학교가 지향해야 할 가치가 무엇인지 논의하고 성찰하면서 삶이 담긴 교육과정을 운영했다. 삶이 담긴 교육과정은 선생님의 수업만으로는 채워지지 않는다. 학교와 마을이 함께 손잡고 다양한 교육과정을 운영하면서 입소문이 나기 시작했다. 경쟁이 아닌 더불어 사는 교육과정을 찾아서 사람들이 모이고 마을에 활기가 생겼다. 입학생들을 모두 수용할 수 없어 눈물 머금고 포기하는 가정이 생겼을 정도였다. 학교를 중심으로 마을이 성장하고 아이들을 위한 공동 육아를 시작했다. 마을교육공동체라는 말이 있기 전부터 학교와 마을이 함께 마을교육과정을 운영했던 곳이다.

초등학교에서 함께 교육과정을 운영한 경험을 가진 학부모와 마을은 중학교가 문을 열기를 바랐다. 하지만 초등학교와 교육과정이 다른 중학교는 쉽게 문을 열지 않았다. 마을교육이라는 말조차 생소하던 때였고 교과 중심의 교육과정을 운영하는 중학교에서는 마을(학부모)의 제안들이 교육과정에 대한 간섭처럼 다가오기도 했다. 학교와 마을(학부모) 간에 갈등이 생겼고 서로 간극이 커졌다. 중학교는 고립된 섬이 되었다. 강한 두 주체가 서로 대립하였고 불신이 커졌다. 그 사이에 아이들이 있었다. 학부모의 학교에 대한 불신은 아이들에게도 영향을 줄 수밖에 없었다. 선생님을 바라보는 시선은 냉소적이었고 교사와 학생의 거리감은 서로에게 상처가 되었다.

경기도에서 시작된 마을교육공동체가 전국 각지에 퍼져 중요한 화두가 되던 때였다. 견고한 벽을 쌓았던 학교도 변화가 필요했다. 혁신학교를 신청하면서 서로의 불신과 대립이 조금씩 허물어지기 시작했다. 그해 내가 발령을 받았다. 갈등이 허물어지는 시기에 발령을 받았으니, 운이 좋은 사람이었다.

마을과 함께하는 일은 시간과 열정이 없으면 어려운 일이다. 내 시간을 내어 마을 행사에 참여해야 하고 일과 후에 이루어지는 일들이 많다. 수업과 업무에 바쁜 선생님들에게 마을교육 업무는 일을 더하는 것이고 시간을 내는 일이니 쉽지 않다. 다행히도 아이들이 다 커서 각자의 길을 가는 시기라 시간이 있었다. 무엇보다 마을에 대한 궁금함과 호기심이 컸다. 마을이 어떻게 움직이는지 직접 보고 싶었다. 마을 행사에 참여하고 마을교육 네트워크 회의에 참여하면서 중학교가 얼마나 고립된 섬으로 지내왔는지를 알았다. 처음 마을교육 네트워크에 참여했을 때는 낯설고 어색했다. 중학교에서 선생님이 참여했다는 사실만으로도 나는 큰 박수를 받았다. 협의회의 대화는 '내 아이'가 아닌 '우리 아이들'을 향해 있었다. 마을이 학교와 함께할 수 있는 교육활동이 무엇인지, 앞으로 어떤 방향으로 가야 하는지, 마을에서 준비해야 하는 일은 무엇인지, 청소년들이 안전하게 보낼 수 있는 공간을 어떻게 만들지 다양한 이야기가 오갔다. 그 이야기 속에는 아이들을 위한 노력과 헌신이 담겨 있었다. 문을 열지 않는 중학교에 대한 속상함과 아쉬움을 들을 때면 마음이 불편하면서도 미안했다.

학교 선생님들이 한 번쯤은 마을 사람들의 이야기를 들었으면 싶었다. 우리 아이들이 행복하게, 천천히 가더라도 함께 가는 길을 만들어가는 어른들이 있다는 것을 알았으면 했다. 그렇게 나는 마을에 학교의 이야기를 전하고, 학교에 마을의 진심을 전하면서 학교와 마을을 잇는 역할을 했다. 충남에서 마을교육공동체를 가장 잘 알고 있는 교장 선생님이 오신 후 학교와 마을은 소통하고 협업했다. 교육의 장은 학교를 넘어 마을로 확장했다.

마을과 함께하면서 학교 교육과정이 다채로워졌고 교육활동의 의미가 깊어졌다. 4월과 5월 마을과 함께하는 기억문화제, 마을 축제, 마을 선생님들과 함께하는 생태 수업, 마을 교사들이 들려주는 마을 역사와 마을 어른들의 삶, 청년과 청소년을 위한 진로 교육, 마을 사람들의 삶이 담긴 책 만들기, 마을협동조합이 마을을 만들어간 이야기 등 다른 학교에서는 경험하기힘든 '삶이 담긴 배움'이 있었다. 아이들은 마을이 만들어 준 판에서 즐겁게놀고 학교와 마을이 함께하는 문화예술 활동을 하며 배움을 찾아갔다. 배움의 장이 마을로 확장되자 경험의 기회가 많아졌다. 다양한 경험은 아이들의성장에 좋은 자극이 되어갔다. 나도 많이 배웠고 한 뼘 성장했다.

동네 손주 왔어유

학교와 마을이 함께하는 마을교육이 참 많지만, 그중에서 가장 의미 있는 활동 중 하나인 마을살이 봉사활동은 널리 알리고 싶을 만큼 훌륭하다. 봉사활동 시간이 고등학교 입시에 반영되면서 학교에서는 학교 교육과정에 봉사활동 시간을 배정하여 운영한다. 그런데 학교에서 전교생이 할 수 있는 봉사활동이 매우 제한적이다. 봉사활동 소양 교육, 교내 환경정화 활동, 캠페인 등으로 운영하다 보니 시간 부여를 위한 형식적인 봉사활동이 되기도 한다. 나눔과 봉사의 의미를 살리는 활동을 하기 어려운 구조인 셈이다. 그래서 학교는 늘 고민스러웠다.

학교 교육과정 봉사활동 시간을 최소한으로 줄이고 마을에서 아이들이 할 수 있는 봉사활동을 고민하기 시작했다. 마을 시민으로서 마을에 기여할 기회이기도 했다. 마을교육 네트워크를 통해 마을에서 할 수 있는 봉사활동을 마련해달라고 제안했다. 마침 마을에서도 중학교와 함께 나눔을 실천하는 방안을 고민하던 차였다. 학교와 마을이 만나 본격적인 협의를 시작했고 마을살이 봉사활동이 탄생하였다. 마을살이 봉사활동은 외로운 어르신에게 반찬을 배달하고 말벗이 되어드리는 '동네 손주 왔어유'와 마을 생태환경을 살리는 '반딧불이 모니터링' 활동이 있다. 그 외에도 마을 축제와 행사에 학생들의 자발적 참여를 확대하기로 했다.

'동네 손주 왔어유'는 매주 토요일 외로운 어르신을 찾아뵙고 반찬을 배달하는 봉사활동이다. 어르신 반찬 배달 봉사는 송악 교회 '오병이어' 나눔으로 시작해서 송악마을협동조합 함께돌봄 위원회가 함께 주관하고 있는 어르신 돌봄 사업이다. 마을 사람들의 자발적인 후원을 받아 반찬을 만들어 매주 토요일 25가구의 어르신 댁을 방문하여 반찬을 배달하였다. 학교와 마을이 만나 중학교 아이들이 참여할 수 있는 구체적인 실천 방안을 찾았다. 매주 토요일 오전에 반찬을 만들면 오후에 중학교 학생들이 어르신을 찾아뵙고 반찬을 배달하기로 했다. 지속적인 봉사활동을 위해 몇 가지 큰 방향을 정했다.

1. 동네 손주는 일시적인 참여가 아니라 지속해서 찾아뵙는다.
2. 안부 인사와 말벗 되어드리기 등 따뜻한 손주 역할을 한다.
3. 동네 손주의 보호자가 인솔하고 활동을 함께한다.

4. 보호자 인솔은 모둠에서 정하여 책임지고 인솔한다.

5. 정해진 봉사활동에 무단으로 빠지지 않는다.

6. 어르신 건강 상태, 집안 환경 등을 살펴서 기록한다.

시골 특성상 이동 거리가 있어 보호자 동행이 필요했다. 보호자 인솔은 아이들이 지속해서 참여할 수 있는 기반인 동시에 함께돌봄 활동을 알리고 나눔을 실천하는 외연 확장의 기회였다. 신청자가 있을까 걱정했는데 생각보다 많은 친구들이 희망했다. 당시 전교생 134명 중 70명이 신청했으니, 반수가 훌쩍 넘었다. 너무 많은 학생이 신청해서 운영 시스템을 만드는 데 시간이 걸렸다. 20개의 모둠을 편성하고 월 1회 같은 어르신을 정기적으로 찾아뵐 수 있도록 판을 만들었다. 사전교육을 통해 부모님의 인솔이 중요함을 다시 한번 강조하였다. 쉽지 않은 일인데 부모님들이 적극적으로 참여했다. 마을교육공동체를 운영하는 곳이라 가능했고, 마을 어른들이 자신들을 위해 다양한 활동을 하고 있음을 알고 있는 아이들이라 가능한 봉사활동이었다.

시작하고 보니 동네 손주의 힘은 생각보다 더 큰 힘을 발휘했다. 가장 큰 변화는 어르신들의 표정이 밝아진 점이다. 매주 찾아오는 동네 손주들의 반가운 인사가 어르신들에게 삶의 활기를 준 것이다. 대문을 굳게 닫고 눈을 마주치지 않는 어른이 아이들 오는 시간을 기다리면서 대문 밖을 내다

보고 웃고, 저장강박증에 걸린 할머니는 3년 동안 마당과 창고, 방과 부엌에 가득 쌓인 쓰레기를 치우는 것을 허락하였다. 할머니 집에서 나온 쓰레기는 무려 12톤이나 되었다. 할머니는 모처럼 쓰레기 없는 깨끗한 방에서 기분 좋게 주무셨다고 했다. 그 많은 쓰레기를 치우는 것을 눈으로 확인하면서 아쉬운 표정에도 웃으셨다. 그 모습을 보는 것도 감동이었고, 아이들이 흔쾌히 나서서 쓰레기를 치우는 모습은 아름다웠다. 동네 손주들과 함께 할머니 댁을 청소한 그날의 경험은 내게도 큰 배움이었다.

동네 손주 활동은 시행착오를 거치기도 했지만 한 해 두 해 경험이 쌓이면서 지금은 안정적으로 운영되고 있다. 더운 여름날에도 추운 겨울날에도 방학 중에도 황금 같은 연휴에도 동네 손주들은 어김없이 도시락을 들고 어르신들을 찾아뵙는다. 어르신에게는 생존과 직결되는 귀한 도시락이라는 것을 아이들은 안다. 귀찮고 게으름 피울 나이인데도 어르신을 찾아뵙고 곰살맞게 인사를 드린다. 집 안의 위생 상태를 살피고 어르신들의 건강 상태도 점검한다. 하기 싫은 적은 없었냐고 질문하면 의젓하게 대답한다.

"이제 일상이에요. 1학년 때는 귀찮았는데 좋아하시는 어르신을 보면 저도 좋아요. 당연히 와야죠."

어르신을 찾아뵈면 기록을 남긴다. 어르신 건강 상태, 집 환경 등을 살펴고 마을에서 지원할 것이 있으면 적는다. 마을은 그 기록을 보고 필요한 것을 지원한다. 보건소와 함께 어르신 건강을 살피고 지자체에 협조를 구하기도 한다. 진정한 마을 돌봄 현장이다. 어르신은 밝아지고 아이들도 성장한다. 그 현장을 부모님이 함께한다. 게임만 하고 하라는 공부는 하지 않는 어린아이가 동네 손주가 되어 어르신을 찾아뵐 때는 의젓하다. 아이가 성장했음을 눈으로 확인하고 돌봄 활동을 통해서 부모도 배운다. 이렇게 귀한 동네 손주 봉사활동이 아주 아주 오래 지속되었으면 좋겠다. 아이들의 목소리는 줄고 혼자 사는 노인 인구가 늘어나는 시골에서 동네 손주 봉사활동은 지역사회 소멸을 극복하는 대안이기도 하다.

반딧불이 모니터링은 생태환경을 살리려는 어른들의 노력으로부터 시작되었다. 송악마을은 반딧불이가 사는 청정지역이다. 조용한 시골 마을을 빛내던 반딧불이가 사라지기 시작했다. 마을의 생태환경이 그만큼 나빠지고 있다는 증거이기도 했다. 마을 생태환경을 지키려는 어른들이 모였다. 반딧불이를 살리기 위해 반디가 활동하는 5월부터 10월까지 주 1회 반딧불이 서식지를 모니터링하기 시작했다. 습도와 온도를 체크하고 개체수가 얼마나 되는지, 유충인지 성충인지, 암컷인지 수컷인지, 종류가 무엇인지 확인하는 활동이었다. 그 결과를 지자체에 알리고 캠페인 등을 통해 지역 생태환경을 위해 노력해 왔다.

마을의 생태환경이 지속 가능하려면 아이들의 생각과 실천이 중요하다고 생각했다. 2019년 반딧불이 모니터링 활동을 중학교 학생들과 함께하면 어떻겠냐는 제안이 왔다. 충분히 의미 있는 일이었다. 밤에 하는 활동이라 반드시 부모님이 동행해야 했다. 희망자를 모았다. 26가정이 모아졌다. 활동하는 곳, 모이는 날과 시간, 모니터링에 필요한 각자 역할을 정한 후 토요일 또는 일요일 밤 8시 넘어서 세 곳에서 모니터링이 이루어진다. 나도 함께 참여했다. 시골의 밤은 평화롭고도 고요하다. 그 길에 반디를 만나면 영화 속 장면같이 신비롭다. 하늘엔 별이 가득하고 짙은 어둠 속에 하늘하늘 너울대는 반디 빛을 따라가다 보면 황홀하였다. 아이들에게도 신비로운 체험이었다. 늦은 밤에 친구들과 장난치며 걷는 시간도 좋고 부모님과 산책하며 즐겁게 참여한다. 반디가 만들어내는 빛이 많으면 더욱 즐거운 길이다.

올해 아이들은 스스로 기획하고 운영하는 '청소년 반디 축제'를 운영했다. 초등학교와 유치원 동생들이 부모님 손을 잡고 와서 선배가 들려주는 반디 이야기를 듣는다. 깜깜한 어둠이 무섭다가도 반디의 신비로운 빛들을 따라가며 조용히 숨죽이고 바라본다. 반딧불이를 설명하는 청소년들이 기특하고 대견했다. 그 순간은 어른이었다. 그동안 활동이 쌓이니 가능한 기획과 실행이었다.

청소년 멘토를 따라 반딧불이 서식지를 가다 보니 저수지 길목에 사람들이 많았다. 반딧불이가 많이 출몰하는 장소였다. 풀밭 위에 돗자리를 깔고 커다란 카메라를 켜놓고 있었다. 어른들은 풀 속에는 반디 유충이 살고, 반디는 카메라 셔터 소리와 반짝이는 불빛을 싫어하는 것을 알고 있을까? 심지어 반딧불이 불빛이 보이면 더 잘 찍으려고 숲으로 깊숙하게 들어가는 어른들도 있었다. 아이들은 반디들이 달아날까 조심스러워서 휴대전화도 끄고 조용히 걷는데 어른들은 사진만 중요한 모습이었다. '풀 속에 유충이 있는데.', '소리 나면 반디들이 놀라요.', '반디는 불빛을 싫어해요.' 소곤소곤, 우리 아이들의 걱정하는 소리가 들렸다. 용감한 청소년 반딧불이 멘토가 어른들에게 조용히 당부를 드린다.

"그곳엔 반디 유충이 살 수 있으니 조심하셔야 해요."

"풀 안으로 들어가시면 안 돼요."

"반디는 카메라 불빛을 싫어해요."

정말 부끄럽더라. 때론 아이들에게 배운다.

젊은 예술가로부터 온 사유
(feat. 하현우)

50세. 반백이란 나이 참 오묘하다. 묘한 나이였다. 아이들이 물으면 엄마는 무엇이든 대답하고 방향을 제시해 주는 사람이었다. 그 아이들이 커서 내 손에서 벗어났다. 이제 내 지식과 앎은 아이들에게 도움이 되지 못했다. 나노, 그래핀, 촉매와 합성, 이차전지, 미적분 등등 내가 모르는 세계로 뻗어나갔다. 남편은 조용히 자신의 삶을 물 흐르듯이 따뜻하게 잘 만들어갔다. 도리어 찬찬하지 못한 실수투성이 나를 챙겨주는 스타일이었다.

학교는 재미있었다. 아이들의 배움이 있는 곳이라면 일과 중에도 일과 후에도 주말에도 기꺼이 내 시간을 내어 함께했다. 학교는 내가 하고 싶은 수업과 교육활동을 아낌없이 지원해 주었다. 겉으로는 걱정할 것 없이 잘 사는 듯 보였다. 나도 그런 줄 알았다. 그런데 무언가 조금씩 균열이 보였다. 허전하고 허무했다. 인간은 원래 허무한 존재라며 철학책을 읽고 마음속을 채우려 했지만, 그 허기가 채워지지 않았다. 나름대로 열심히 살았다고 자부했다. 25년 넘게 열심히 선생질했으면 확실한 내 영역이 있어야 했는데 그런 확신도 없었다. 공허했다. 내 존재에 대해 증명할 것이 없었다. 그 허무를 어떻게 해야 할지 몰라 허둥거렸다.

그때 들어온 것이 〈복면가왕〉에서 들리는 목소리였다. 노래를 부르는 하현우 목소리였다. 우연히 본 복면가왕 음악대장, 아니 하현우 목소리는 나를 화면 앞으로 이끌었다. 일요일 6시 30분 저녁 시간이 멈추었고 깊이 몰입했다. 음악대장의 목소리는 내 폐부와 뇌리에 아주 깊이 파고들어 놓아주질 않았고 내 일상을 흔들었다. 목소리를 따라가다 국카스텐 음악을 들었다. 내가 그동안 듣고 좋아했던 일상적인 가사와 노래들과 전혀 다른, 기묘한 듯 기괴한 듯, 이해할 것 같은 이해할 수 없을 것 같은 노랫말이 야금야금 내 시간 속을 파고들었다. 그리고 국카스텐 음악에 한없이 매혹되었고 끝없이 탐했다. 국카스텐 밴드의 이력과 인터뷰 자료, 하현우가 했던 한양대와 조선대 강의 등 다양한 영상과 라이브 공연 영상을 새벽이 밝아오도록 찾고 보고 분석하곤 했다. 파고들면 들수록 노래가 깊이 박혔다.

국카스텐 노래는 자기 내면을 향해 있었고 삶에 대한 사유와 성찰이 가득했다. 문학적인 문장과 품격 있는 단어, 은유와 상징이 가득한 문장, 역설적인 표현은 시인의 언어였고 아주 매력적으로 다가왔다. 듣는 자에 따라 가사가 다르게 다가오고 해석하는 재미도 풍부했다. 시처럼, 문학처럼 상상하고 분석하며 노래를 탐했다. 사운드도 독특했고 강렬했다. 정형화된 틀 안에 갇히지 않아서 낯설지만 그만큼 매혹적이었다. 하현우가 가사를 쓰면서 영감을 받았던 책들을 읽기 시작했고 책에서 얻은 배움을 글로 남겼다. 신형철 교수의 『몰락의 에티카』, 파울로 코엘료의 『베로니카, 죽기로 결심하다』, 괴테의 『파우스트』, 단테의 『신곡』 등을 읽다 보니 음악에 그림이 입혀지고 노래가 더 신선하게 다가왔다. 두 달을 집요하게 국카스텐 음악에 매달렸다.

그런 내가 이해되지 않았다. 나는 시간을 헛되이 보내는 일에 엄격한 사람이었다. 당연히 연예인을 따라다니고 공연장을 쫓아다니는 사람들을 시간을 낭비하는 속물이라 생각했다. 그런데 나도 모르는 사이에 속물이라고 생각했던 덕질을 하고 있었다. 어디에 깊이 빠져 본 적 없는 내가 이렇게 무엇인가에 깊이 빠져들다니, 그것도 학문이 아니라 밴드 음악을 하는 음악가를 탐닉하다니, 사운드 강한 밴드 음악을 듣는 남편에게 시끄럽다고 타박하던 나였는데 어떤 밴드보다 화려하고 강렬한 사운드를 하는 밴드 음악에 매혹되다니, 그런 나 자신을 받아들이기 힘들었다. 더 신기한 일은 모든 영상 매체가 지루하기 짝이 없어졌다. 대신 시간이 많아졌다. 시간이 많아지니 사유의 공간이 생겼다. 그러자 내 안, 내면의 허기가 보였다. 내 존재를 증명하지 못한 허기이자 갈증이었다. 나를 채울 대상을 찾기 시작했다. 가장 먼저 찾은 것이 책이었다. 바쁘다는 핑계로 멀리한 책을 다시 찾았고 책을 읽으면서 학교 안, 학교 밖 경험을 블로그에 기록했다. 내가 살아온 삶의 흔적들을 찾아 떠나기도 하고 내 속의 나를 마주하며 글을 썼다. 내가 만난 사람들과 아이들을 보면 내가 보이고 내 흔적을 찾다 보니 지금의 내가 보였다. 부족한 나도, 사랑스러운 나도, 그 또한 나였다. 글을 쓰는 과정은 나를 찾는 여정이었고 내 존재를 증명하는 작업이었다.

국카스텐 노래를 이해하면서 공연장을 찾기 시작했다. 공연장에 가면 나를 잊었다. 그저 무대를 만들어내는 밴드와 그 무대를 온몸으로 즐기는 달뜬 열기의 내가 있었다. 쾌락이나 욕망의 표출에 대해 거리를 두던 내 인생 최대의 일탈이었고 생경한 경험이었다. 즐거운 욕망을 추구하는 것보다 가치 있는 삶을 우선했고 의미 있는 동행을 중요하게 생각하던 삶이었다. 쾌락, 욕망 등을 드러내는 일에 익숙하지 않았을 뿐만 아니라 내 감정과 욕망을 좇아가는 일은 사치라고 생각했다. 그런데 국카스텐 노래를 탐하면서 내 안의 욕망을 따라갔다. 그것은 허위의식을 걷어내고 나를 찾는 과정이기도 했고 내 속에 내재된 내 안의 욕망을 보는 작업이었다.

나이 50이 넘어 나를 찾는 작업을 국카스텐 음악으로부터 시작했다니 부끄러운 고백이다. 국카스텐 음악을 통해 시작하게 된 기록과 배움은 사람보다, 좋은 책보다, 교훈 담은 영화보다 컸다. 글을 쓰고, 전국 방방곡곡 어디든 겁 없이 돌아다니면서 삶의 지평이 넓어졌고, 그 힘으로, 앞으로의 남은 삶을 풍요롭게 만들어갈 수 있게 되었다. 이 책을 쓰게 된 시작점도 국카스텐 음악을 탐구하면서였다. 음악을 통해 나를 마주하고 글을 쓰다 보니 한 권의 책이 나오게 되었다. 그들의 노래는 노래 속 가사처럼 마술의 노래가 틀림없다. 누군가에게 덕질은 배움이자, 삶을 풍요롭게 하는 매혹이다. 기적같이 내 반백 년의 삶에 찾아와 주어 참 고맙다.

국카스텐 보컬 하현우가 권한 시가 있다. 음악의 길을 가는 길에 큰 방향이 되어준 시라며 콘스탄틴 카바피의 시 「이타카」를 권했다. 목표를 향해 나아가는 과정의 즐거움과 그 길에서 얻은 배움으로도 인간의 삶은 풍요로워진다는 시였다. 돈과 상업적 성공이라는 기준이 아닌 밴드 음악의 정체성을 찾아가는 과정에서 풍요로움을 찾으려는 하현우의 성찰은 나에게도 가르침이 되었다. 나도 삶의 여정을 즐기기로 했다. 결과에 대한 두려움 없이 그 과정을 즐기면서 나를 찾는 여정을 멈추지 않으려 결심했다. 50대를 지나면서 나는 나를 위해 한 걸음 내디뎠다. 누구의 아내, 누구의 엄마, 누구의 선생님이 아닌, 사람 권영미의 삶을 살아가려 한다. 생각은 깊되 주저하지 않고 도전을 하기로 했다.

과정을 즐기고 자신이 가고자 하는 길을 가는 자,

이미 충분히 아름답다.

빹뉘 셋

교사의 길,
묵직한 책임감

"다 같이 걱정하고 친절함을 베푸는 것, 공동의 선의는 큰 힘을 발휘한다. 친절한 마음과 감성 교육은 인간애의 시작이다."

_수호믈린스키 B.A, 『아이들에게 온 마음을』

볕뉘가 필요한 시대

독일에서 태어나고 미국에서 자란 발달 심리학자 에미 워너(Emmy Werner)는 어릴 때 불행한 사람이 자라서 행복한 건 우연이 아니라 무언가 특별한 요소가 있을 것이라는 가정하에 연구를 시작한다. 이 특별한 요소를 찾기 위해 워너는 동료 루스 스미스와 함께 하와이 군도 카우아이섬에 사는 아이들 700여 명을 1955년부터 무려 40년 동안 관찰한다.

700명이 넘는 아이 중에서 워너와 스미스는 가정환경이 불안하고 도저히 행복할 수 없어 보이는데도 말썽 없이 순조롭게 자란 아이들에게 주목했다. 스트레스가 많았을 것인데도 이 아이들은 학교에서도 잘 지냈고 사회에 나가서도 저마다 성공했다. 게다가 심지어 같은 나이 사람들보다 더 건강하기까지 했다. 이 아이들은 어떻게 불행한 어린 시절을 견디고 행복하게 성장했으며 건강하기까지 한 걸까 그 답을 찾아 나섰다. 에미 워너는 이 행복한 사람들이 어렸을 때 개인적으로, 가정적으로, 그리고 환경 면으로 비슷한 특징이 있었음을 찾아냈다. 개인적인 면에서는 두세 살 무렵에 다른 아이들보다 활발하게 움직였다는 점이다. 어릴 때부터 활발한 인성을 타고 난 점도 있었으리라. 그러나 무엇보다도 중요한 요소는 자라는 동안 곁에 '밝은 점 역할을 하는 사람'이 있었다는 점이다. 힘든 상황에서 방황하지 않도록 이끌어준 사람을 '밝은 점'으로 표현했다. 역경을 이겨내도록 함께 한 친구, 관심과 인내심으로 돌본 교사가 있었다. 한때는 불편하고 서먹했으나 극적으로 관계를 회복한 부모처럼 자기편이 되고, 터놓고 얘기할 수 있는 사람을 만난 아이들은 불행을 극복할 수 있었다고 결론을 내렸다. 이런 요소들이 이른바 '회복탄력성'을 만들어 불행한 외부 환경을 이기고 행복하게 했다고 에미 워너는 설명한다.

우리 사회를 돌아본다. 뉴스 지면에는 하루에도 몇 건씩 조그마한 외부 조건에 반응하고 무기력해지거나 분노하는 사람들이 널려 있다.

다시 우린 야만과 독선의 시대를 지난다. 한 걸음 내디뎠다고 생각했는데 한참을 뒷걸음질 치고 있다. 사람이 희망인 세상을 만들어가는 길이 참 길고도 험하다. 인간에 대한 고뇌와 철학 없는 시간은 경쟁과 증오의 결과를 만들어내고, 삶의 성찰 없이 경쟁에 매몰된 어른들로 인해 아이들의 삶은 피폐해졌다. 치열한 경쟁 사회를 만들어 놓은 채 젊은 청춘들에게 열심히 공부하라고 말한다. '너희들의 실패는 노력이 부족한 결과'라는 말로 아이들을 내몰고, 아이들은 희망을 찾기도 전에 좌절을 경험한다. 경쟁 속에 매몰된 아이와, 좌절 속에 자신을 내던진 아이는 현실에서 도피하고 싶다. 인터넷 속으로 숨어든 아이들은 자극적이고 분열 가득한 세계 속에 자신을 놓아버린다. 현실이 버거운 아이들은 상처를 주고받으며 서로를 할퀴어댄다. 누구도 안전할 수 없는 교실이 되어가는 것이다.

경쟁 사회에서는 부모의 마음도 여유가 없다. 치열한 경쟁 사회는 사람들을 조급하고 거칠게 만든다. '다 너를 위해서야.'라는 미명으로 출발해 공부를 통해 경쟁에서 이기라는 강요로 귀결된다. 부모에 의해 버려지는 아이들, 성적과 성공이라는 이름으로 강요된 삶, 경쟁에서 밀리는 아이들. 물질은 풍요로워졌으나 마음은 거칠어지고 아이들의 삶은 메말라간다.

'밝은 점'이 필요한 시대다. 나는 밝은 점을 '볕뉘'로 표현한다. 아이들에게 볕뉘가 되고 싶었다. 마음 같아서는 쨍한 햇살 가득 내어주는 선생님이 되고 싶었으나 과한 욕심이었다. 내가 할 수 있는 곳에서 필요할 때 손 내밀고 응원해 주는 그런 볕뉘가 되고 싶었다. 아이들을 세심하게 바라보고 관찰하면서 성장의 순간을 날카롭게 알아채고 크게 칭찬해 주고 싶었다. 그 응원과 칭찬으로 한 걸음 한 걸음 세상을 행해 나가는 아이를 보고 싶었다.

때론 환하게 웃어주었다. 그늘 속에서 햇살같이 환하게 웃던 미소는 어찌나 싱그럽던지, 그 웃음이 내게로 돌아와 기쁨이 되었다. 하지만 나도 여

유 없고 부족한 인간이었다. 때론 상처 주고 때론 상처 입었다. 환한 웃음
도, 상처도 나에게는 배움이었고 성장이었다.

그 길에 아이들이 있다.

아픈 꽃봉오리,
그 속에 담긴 희망

새내기 2년 차. 경험은 없고 열정만 많던 교사였다. 처음으로 담임을 맡고 어떻게 해야 할지 몰라 이리저리 책을 찾았다. 많은 선배 교사가 경험을 통해 만든 학급 운영에 관한 실천 사례는 새내기 교사에게 보물 상자였다. 늘 옆에 두고 보물 상자를 열어 내 학급 운영에 적용하면서 아이들과 만났다. 아이들과 모둠 일기를 썼다. 모둠 일기장엔 자신의 이야기를 살갑게 담은 글부터 건조하고 형식적인 글까지 저마다의 성향이 담겨 있었다. 수업과 급식, 친구와의 관계 등 학교생활 이야기가 많았다. 아이들의 속살이 온전히 드러나 있지는 않지만 1학년 친구들의 순수한 모습을 볼 수 있었고 삶을 담은 이야기도 좋았다. 아침은 모둠 일기를 읽고 답글을 달아주는 일로 시작했다.

모둠 일기는 마음을 나누고 다가가는데 좋은 소통의 장이었다. 대부분

모둠 일기를 잘 활용했는데 글을 쓰지 않는 친구가 있었다. A였다. A의 얼굴엔 날카로움이 있었고 학교에서 보내는 시간은 무료해 보였다. 곁을 주지도 않았고 무표정한 차가움이 있었다. 아주 잠깐 머무는 미소를 보며 아직 어린 친구구나 생각했다. 무슨 생각을 하는지 속내를 알 수가 없어 어려운 친구였다. 할머니와 둘이 사는 A는 어려운 가정환경에 마음 둘 곳이 없었다. 거리를 떠돌며 거친 선배들과 어울려 다니는 A는 다른 아이들과 결이 달랐다. 너무 가까이 다가가지는 않았지만, 늘 따뜻한 눈빛을 보내주었다. A는 그 눈빛을 바라보았지만, 마음을 열지는 않았다. 그렇게 두 달이 지났다. 가깝지도 않고 멀지도 않은 거리가 우리 둘 사이에 있었다.

어느 날 아침, 교실에 들어가 아이들과 인사한 후 책상 위에 올려진 모둠 일기를 펼쳤다. 댓글을 쓰면서 세 번째 모둠 일기를 펼쳤는데 처음 보는 글씨체가 보였다. A였다. 글 옆에 그려진 그림이 먼저 들어왔다. 선명하게 칠해진 빨간 장미 꽃봉오리였다. 빨간색이 너무 선명하게 그려져 있어 놀랐고 정갈한 글씨체에 또 한 번 놀랐다. 그 글에 아이의 삶이 담겨 있었다. 지금 할머니와 사는 자기 모습, 거리에 나서면 형들을 만나고 아르바이트를 하는 생활, 그 생활 속에서도 자신은 꿈을 꾸고 있다는 글이었다. 답답한 현실이지만 자신을 아직 피지 못한 꽃봉오리라고 표현했다. 정성스럽게 그려진 꽃봉오리에는 꽃을 피울 것이라는 미래에 대한 희망이 담겨 있었다.

희망과 동시에 눈물이 났다. '피지 못한 꽃봉오리'라는 말이 그렇게 아픈 말인 것을 그때 처음 알았다. A에게 조그마한 빛이 되어주겠다고 다짐했다. 처음으로 본 A 글이어서 더 몰입했다. 정갈하고 어른스러운 서체에 담담한 희망을 그린 글에 한참 동안 시선이 머물렀다. 정성스럽게 댓글을 써주었다. 입이 무거운 A는 그 후에도 자신의 이야기를 들려주지 않았다. 대신 나를 바라보는 눈빛이 온화해졌다. 다음 해도 A의 담임을 하고 싶었으나 나는 담임교사에서 제외가 되었다. 부당함에 목소리를 내는 나는 불량교사라는 낙인이 찍혀 담임을 주지 않았다. 왜 담임을 하지 않느냐는 아이들의 질문에 눈물 흘리며 한 달을 보냈다. A와의 거리도 멀어졌다. 고등학교 진학 후 자퇴를 했다는 소식을 들었다. A에게 좀 더 따뜻한 빛이 되어주지 못한 것이 늘 마음에 걸렸다.

A가 썼던 모둠 일기가 사라졌다. 다른 모둠 일기는 있는데 A의 이야기가 담긴 모둠 일기만 없다. 소중하게 보관했는데 언제 사라졌는지 알 수가 없다. 내 눈에서 사라진 일기지만 기억 속에 A의 꽃봉오리는 선명하게 남아 있다. 시간이 많이 흘러도 마치 박제된 사진처럼 그렇게 기억 속에 새겨졌다. A가 자신이 만든 빛으로 성장했기를 간절히 빌어본다. 누군가의 별뉘로 살아가면 더없이 행복하겠다.

절망 속에 핀 꽃이 더 찬란하고 아름다운 법이다.

오늘은 장미꽃 한 다발 사 와야겠다.

유쾌 · 상쾌 · 통쾌한 학급

25년이 흘렀어. 거침없던 여자 사람이었던 너를 만난 지 말이야. 3학년 담임을 하다 정말 오랜만에 1학년 친구들 담임을 맡았어. 6년을 시끌벅적한 남학생들과 소리치고 놀다 보니 어느새 말투는 거칠어지고 목소리가 커졌지. 그런데 여중은 큰 소리 낼 일이 없더라. 자신을 보아달라는 애정 담긴 표현은 다정했고 소리치지 않아도 수업은 즐겁게 진행되었지. 소박한 마을의 아이들은 학원에 찌들지 않고 순수하고 맑았어.

그 속에 너는 늘 시끌벅적했지. 주위엔 항상 친구들이 몰려들고 목청 좋은 너는 언제든 자신의 존재를 강렬하게 드러냈어. 단단한 체격에 머리는 짧고, 웃을라치면 목젖이 다 보이도록 우하하하 통쾌하게 웃는 너. 그 소리가 복도에 넘쳐흐를 정도였어. 그 모습을 좋아하는 선생님도 있었고, 조신하지 못하다며 인상 쓰고 보시는 선생님도 있었지.

아마 넌 어렸을 때부터 양쪽의 칭찬과 꾸중을 동시에 들으면서 자랐을 거야. 그래서인지 남들의 시선에 크게 신경 쓰지 않고 쿨했지. 어렸을 때부터 늘 있었던 반응이어서 익숙해졌구나 생각했어. 3월 입학하고 친해질 무렵 우린 반장 선거를 했지. 넌 우리 반 반장 후보로 등록했어. 반장이 어떻게 하느냐에 따라 학급 분위기가 결정되기도 해. 특히 1학년은 더 분위기에 휩쓸릴 수 있는 시기잖아. '선거는 민주주의의 꽃'이라는 말처럼 대표를 선출하는 동시에 자치활동의 첫 출발이기에 나는 정성을 들이곤 했어. 그때는 성적이 좋거나 책임감이 강한 아이를 담임이 지명하거나 거수로 반장을 결정했었지. 우린 다른 반과는 달리 약식 선거 절차를 밟았어. 선거관리위원회를 구성하여 학급 선거를 전담하고, 입후보하는 절차를 거쳐 후보 등록을 했어. 선거운동 기간을 두어 공약을 제시하고 소견 발표를 했지. 반장 선거가 얼마나 중요한가를 경험하는 과정이었어.

선거운동을 마치고 투표하는 날, 마지막 소견 발표 시간을 지금도 기억해. 너는 예의 그 화통한 목소리로 공약을 발표한 후, 반장이 된다면 외치다 갑자기 실내화 양쪽을 집어 들었어. 실내화 바닥을 들어 보이더니 자신이 1년 동안, 이 실내화가 닳아서 구멍이 날 만큼 학급의 충실한 일꾼이 되어 보겠노라고 굳은 결의를 담아 야심 차게 외쳤어. 결과 기억나지? 아마 그렇게 끝났다면 너는 내 기억 속에서 사라졌을지도 몰라. 반장 선출 이후 1년은 참 좋은 시간이었어. 지금까지의 학급 자치 경험 중 으뜸이라고 주저 없이 말할 수 있을 만큼 말이야. 모둠장들과 회의를 주재하면서 학급 단합대회를 기획하여 추진했지. 학급원들의 생일 잔칫날에는 생일을 맞이한 아이를 위한 맞춤형 퀴즈를 만들어 그 아이를 주인공으로 만들었어. 간단한 다과를 준비해서 학급원들이 함께 행복한 생일날을 만들어 주었어. 형식적인 학급 회의가 아니라 정말 학급에서 필요한 주제를 정해서 진지하게 협의했던 일은 지금 생각해도 가슴이 뜨거워지는 기분이야. 사실 학급회의 시간은 그냥 시간을 보내거나 떠드는 시간이었어. 의견이 나오지 않아서 한두 번 하다 별 의미가 없으니 자율학습 시간같이 보내는 반이 대부분이었지.

그런데 우리 반은 달랐단다. 내가 없어도 너는 회의를 주관하여 다양한 의견을 모으고 학급 행사에 필요한 준비물, 역할 등을 함께 준비했어. 보는 것만으로도 흐뭇하고 아름다운 구경이었지. 학급 단합대회, 담임배 오목대회, 담임배 알까기대회, 생일 잔치, 학급 여행 등 담임 중심이었던 행사를 이렇게 학급 스스로 만들며 추억에 추억을 쌓았어. 그 중심에 목젖이 보이도록 웃는 네가 있었기에 가능했어. 유쾌하고 상쾌하고 달콤한 해였지. 통쾌하게 웃는 네가 있어서 말이야. 한 해를 보내고 나는 다른 학교로 가야 했어. 우린 눈이 퉁퉁 붓도록 울고 웃고 추억을 나누며 헤어졌지. 고등학교에서도 넌 씩씩하게 자신의 삶을 만들어갔어. 가끔 갈등도 있고 고민도 많았던 듯 해. 그리고 우린 서로 각자의 시간을 보냈지.

넌 지금 무엇을 하고 있을까? 가끔 너는 어떤 어른으로 성장했을까 궁금해. 여중과 여고를 다니는 것이 힘들지는 않았는지. 여성과 남성 모두 평화로운 세상을 희망하는 페미니스트를 배척하고 공격하는 세상에서 살고 있잖아. 목젖이 보이지 않게 웃고 입 좀 가리라는 말이 넘치도록 흔한 사회 분위기가 너를 소심하게 만들지 않았는지, 이 사회가 너의 통쾌한 기백을 누르지는 않았을지 살짝 걱정했어.

난 지금도 어디선가 호탕하게, 목젖이 훤히 보이도록 껄껄 웃으며 살아가는 너를 상상하곤 해. 사회가 만든 틀 안에서 주눅 들지 않고 당당하게 사는 너를 말이야. 너를 잊지 못하고 멀리서 늘 너를 응원한다고 전하고 싶구나.

상담은 이렇게,
한 수 배우다

　여중의 아이들은 욕심이 많다. 시험 준비든 수행평가든 열심히 하는 아이들이 많아서 평가가 괴로울 때가 있지만 눈이 행복하고 머리가 맑아지는 시간이기도 하다. 여중의 기억은 새뜻한 천연색이다. 한 친구만 예외다. 난 C에게 큰 빚을 졌다. 진한 회색빛이랄까? 지금도 그 아이를 생각하면 얼굴이 확 달아오르곤 한다. 어른들이 가늠할 수 없는 날카로운 세상이 있음을 C를 통해 알았다.

　C는 아주 조용한 아이였다. 아이들과도 거의 말을 하지 않았고 수업 시간에 흐트러진 모습을 보이지 않았다. 그저 관조하듯 바라보기만 했다. 너무 조용해서 무슨 생각을 하는지 알 수 없었다. 순둥이같이 생긴 얼굴에 행동도 조용하고 조심스러워 C의 존재는 그림자 같았다. 공부를 잘했다. 공부를 잘하는 여중생들은 수행평가도 거의 완벽했다. 그런데 C는 수행평가

를 전혀 제출하지 않았다. 내 수업만 그런 것이 아니었다. 모든 교과에서 수행평가를 제출하지 않던 C에게 실망한 선생님도 많았다. 분명 성실하게 보이는 C였는데 수행평가를 내지 않는 이유가 무엇 때문인지 궁금해서 묻기도 하고 채근하기도 했지만, 침묵으로 일관했다. 순한 얼굴에 고집이 들어 있었다. 안타까운 내 마음을 전하고 당부를 했다. "혹시 말하기가 어려우면 글로 써줘도 돼. 나도 네 마음을 이해할 수 있게 말이야. 그렇게 해 줄 수 있겠어?" 역시 대답은 없었다.

기대하지 않았다. 그런데 며칠이 지난 뒤 편지가 왔다. 깨알 같은 글씨에 세 장에 걸친 장문의 편지였다. 반가움에 편지를 폈다가 온몸이 굳어졌었다. 예상하지 못한 내용이었다. 정중하지만 냉소적이었고 어른과 교사의 위선적인 세계에 대한 비판이 동시에 담겨 있었다. 자신이 공부를 못했어도 나에게 말을 건네고 관심을 둘 것인지를 묻고 있었다. 성적으로 아이들을 재단하는 교사의 행동과 아이를 부를 때 전교생이 다 듣도록 방송하는 선생님들의 일방적인 행동 등이 학생들에게 어떤 기분을 들게 하는지 그로 인한 상처를 생각해 본 적이 있는지 묻고 있었다. 어른들이 만들어 놓은 사회의 부조리함과 한 치도 벗어나지 못하는 학교와 교사의 모습이 자세히 적혀 있었다. 어른들의 잣대로 아이들을 구분하고, 성적이라는 기준으로 차별하면서 편견 어린 시선을 보내는 교사의 모습에 대한 날 선 비판 등이 담겨 있었다.

편지의 내용이 논리 정연하고 비판적이어서 당혹스러웠다. 그동안 이렇게 날카롭고 구체적인 비판을 제기하거나 기록한 것을 본 적이 없었다. 교사들의 일상화된 행동이 때론 아이들 눈에 위선과 차별로 다가올 수 있음을 C의 편지로 알았다. 그 이야기 속엔 교사들의 성찰이 필요한 부분도 있고 C의 눈으로 바라보는 일방적인 견해가 담겨 있었다. 무엇보다 교사의 차별과 위선적 행동에 대해서는 충분히 논의하고 수정해야 할 필요가 있었다. 동시에 선생님들의 아이들에 대한 관점이 달라서 신중할 필요가 있었다.

한참을 고민하다가 담임 선생님께 조심스럽게 이야기했다. 누구보다 C를 가장 많이 만나고 이야기 나누는 사람이 담임 선생님이기 때문이었다. 조용하고 온순해 보이는 C의 내면에 많은 생각이 담겨 있다는 것과 C의 날카로움이 불편할 수 있지만 내면의 성숙함을 헤아려주기를 바라는 마음이었다. 편지는 너무 구체적이어서 보여주지 않았다. 담임 선생님의 당혹스러움을 충분히 이해하면서 함께 고민을 해보자고 했다. 그리고 내 생각과 고민을 담아서 답장했다.

며칠이 지난 후 C에게 편지가 왔다. 너무 아픈 편지였다. 그런 아픈 편지는 내 교사 생활에서 처음이자 마지막이었다. 선생님도 다른 선생님과 한 치도 다를 바가 없는 교사였다는 것. 상담은 그렇게 하는 것이 아니라는 것. 자신은 다시 마음을 닫을 것이라는 점을 분명하고 확고하게 전하는 편지였다. 담임 선생님에게 말한 것이 불신을 초래하게 했다. 유일하게 마음의 문을 열고 자기 내면을 열어 보였는데 열자마자 다른 사람에게 자신의 이야기를 전달하는 것은 상담의 기본이 아니라고 했다. 옳다. 섣부른 전달이었다. 좀 더 마음을 나누는 과정이 필요했다. 담임 선생님도 신중하게 접근하되 성숙한 아이의 행동을 대등한 입장에서 함께 고민하는 것이 필요했다. C와 이야기를 나누며 천천히 간극을 좁혔어야 했는데, 나도 경험이 없었고 방법은 서툴렀다.

C의 편지는 두고두고 나를 가르쳤다. 수업 시간이든, 학급 운영이든, 상담이든 그곳에서 얻은 정보와 아이가 가진 고민, 아이의 내면을 다른 사람에게 함부로 드러내지 않아야 한다는 것을 배웠다. 그 후 아이들의 심리와 눈빛을 좀 더 섬세하게 바라보았다. 아이의 마음에 공감하면서 아이가 가진 문제를 해결하는 방안을 찾기 시작했다. 교육심리학과 상담이론을 공부하면서 아이의 마음을 헤아리고 두드리는 방법을 배웠다. 타인을 이해하고 마음을 풀어내는 공부는 아이와 관계뿐만 아니라 어른과 관계를 맺고 생활하는 데도 좋은 발판이 되었다.

어른을 넘어서는 아이들이 있다. 나이가 중요하지 않고 배움의 시간이 중요하지 않다. 경험의 폭이 크지 않아도 타고난 날카로움과 시각을 가진 아이들이 있다. 하지만 아이들은 시간이 주는 경험이 적어서 그 통찰과 시각이 다듬어지지 않기도 한다. 사람에 대한 경험과 이해가 다양하지 않기에 세상을 균형 있게 바라보지 못할 때도 있다. 사람과 세상에 대한 균형 있는 관점, 유연하게 상황을 바라보고 문제를 파악하는 능력, 혼자가 아닌 타인과 함께 살아가는 법을 배워야 한다. 혼자만의 생각 안에 자신을 가두지 않고 타인과의 대화를 통해 사유를 넓히는 것도 필요한 일이다.

아이들은 점점 더 다양해지고 그릇의 크기도 달라지니 선생님들의 배움이 끝이 없다. 어려운 시대를 살아가는 선생님들을 응원한다.

목도리에 담은 응원

이제 너도 20세가 되었겠구나. 내 눈에 가장 많은 눈물을 흘리게 했던 친구였지. 1년 동안 늘 마음이 아팠단다. 나도 이렇게 아픈데 넌 얼마나 힘든 시간이었을까? 초등학교부터 긴 시간 동안 너희들은 마음속 상처를 꼭꼭 감추고 서로를 자극하며 아프게 했었더구나. 중학교에 와서도 그 갈등과 상처는 여전했지.

쉬는 시간, 점심시간, 수업 시간 늘 긴장했어. 하루하루가 전쟁터 같았지. 울고 소리치는 일이 생기면 달려가 손을 잡고 다독이다 보니 한 해가 갔어. 너도 지치고 아이들도 지치고 나도 지치고 그렇게 서로를 소모하는 일이 반복되곤 했어. 너는 어른들과 친구들에게 받은 상처가 가득 쌓여 있었지. 불안한 마음에 몸을 흔들거나 누군가를 건드리고 간섭하는 말을 했지. 조그만 자극에도 온몸으로 폭발하곤 했어. 아이들은 그 모습이 재미있어 너를 자극했지. 더구나 그해 유독 결핍 있는 친구가 많았어. 일상이 되어버린 것처럼 도발하고 상처 주었지.

  다행인 건 다른 사람들에게 상처 주는 말을 하지만 마음은 따뜻한 아이들이었어. 네 분노가 폭발해서 온몸으로 울부짖을 때 너를 달랜 후 다른 아이들에게 하소연했지. 얼마나 외로웠을지, 얼마나 힘들었을지 그 상처를 마주하자고 감정에 호소하면 고개를 끄덕이고 함께 마음 아파했어. 하지만 너무 어린 나이였어. 어느새 쏟아져 나오는 말과 행동은 서로를 할퀴고 그만큼 너의 분노는 자주 폭발했지. 소리 내어 울고, 온 힘을 다해 분노하는 너를 보며 내가 해 줄 수 있는 것이 많지 않아 마음이 아팠단다. 때론 나도 화가 나서 주먹을 불끈 쥐고 마음을 다독여야 했고 가쁜 숨을 몰아쉬곤 했지. 그러다 너를 보면 또 마음이 무너져 다시 널 다독이곤 했어. 온 힘을 다해 소리치고 울부짖고 바들바들 떠는 너의 손을 잡고 네 마음이 평온해지길 한없이 기다렸지. 너는 어디든 위로받을 수 있는 곳이 없다며 슬퍼했고 그 슬픔이 넘쳐흘러 자신도 어쩔 수 없다고 했어. 긴 시간 마음속에 쌓여 있던 분노와 아픔을 어떻게든 표출해야 너는 살 수가 있었던 거야. 자신을 보아달라고 그렇게 간절히 외치고 있었지. 어느 날은 선풍기 줄을 목에 감고 내가 오기만을 기다렸어. 나도 두렵더구나. 온 힘으로 살고 싶다고 외치는 절박함이 안타까웠고 내가 해 줄 수 있는 일이 많지 않아서 두려웠지. 상담 선생님과 논의를 한 후 병원 전문가의 도움을 받았어. 전문가의 상담이 큰 도움이 되었어. 주말에 집 근처에서 만나 밥을 먹기도 하고 이야기를 나누면서 안정을 찾기 시작했지.

　이 세상에서 가장 포근해야 할 집이 왜 아이에게 상처를 주는지, 평화로운 공간에서 맘껏 배우고 성장해야 할 학교가 왜 상처를 주고받아야 하는지 한없이 답답했었어. 내 관심과 애정만으로는 해결할 수 없어 버석한 얼굴로 한 해를 보냈단다. 어느 해보다 안타깝고 힘든 한 해를 보내고 학교 만기가 되어 다른 학교로 발령을 받았지.

　한 가지 너에게 못 준 것이 있어. 한 달에 한 번 생일 맞이한 친구를 축하해주며 선물을 주었잖아? 너는 12월에 생일이 있었어. 남자 친구들은 대부분 먹을 것을 달라고 했어. 아이들이 좋아할 만한 먹거리를 사서 편지와 함께 축하했지. 12월에 생일인 친구들이 생일 축하 노래를 부르며 즐거워했는데 가장 많이 기뻐해야 할 네 얼굴이 그리 밝지 않았어. 평소 단것을 좋아하는 너이기에 환한 웃음을 기대했는데 선물을 마련한 나도 순간 실망스러웠지. '왜지?' 궁금했는데 너는 먹을 것이 아니라 목도리가 받고 싶었다고 했어. 생각해 보니 생일 선물로 목도리를 원한다는 말을 한 적이 있었는데 바쁘다는 핑계로 까마득히 잊고 있었더구나.

이제야 목도리를 보내.

너무 늦었지?

네가 좋아하는 색상으로 골랐어.

어때? 맘에 들어?

몸과 마음이 추우면 이 목도리를 해보렴.

그리고 너를 응원하는 사람이 있음을 기억해 줘.

날자, 날자, 날아오르자

그해 나는 정신없이 바빴다. 주말까지 이어지는 일들에 휘청거리다 결국 몸이 매우 아팠다. 며칠을 그렇게 힘들게 보냈다. 약기운에 취해 정신이 가물가물하는데 B에게서 전화가 왔다.

．

"선생님, 저 왔어요."

"얼마 만이야. 정말 반갑다. 언제 왔어?"

"며칠 됐어요. 샘. 보고 싶어요."

"나도 너무 보고 싶어. 내가 상황이 안 좋아. 언제 가야 해?"

"제가 시간이 별로 없어요. 괜찮은 시간에 연락해 주세요."

"그래. 우리 꼭 만나야지."

타국에서 유학하고 있는 B를 그냥 보낼 수는 없었다. 상황이 조금 나아진 후 연락을 했다. B의 얼굴이 편해 보였다. 똘망똘망한 눈을 빛내며 유학 간 학교와 친구들 이야기하는데 참 사랑스러웠다. 목소리엔 달뜬 열기가 담기고 삶에 대한 자부심이 서려 있었다. B의 재잘대는 소리가 마치 새소리처럼 들릴 정도였다. 이제 자신의 자리를 잘 찾아가고 있구나 하는 생각에 혼자서 깊은 안도의 한숨을 내쉬었다. B를 보내고 엄마와 통화를 했다. 어제 B가 학교에 가서 나를 만나지 못해 섭섭해했는데 잘 되었다며 기뻐하셨다.

엄마와 난 무수히 많은 전화를 주고받았다. B는 여유 있는 가정환경, 다정한 아빠와 우아한 엄마, 사랑스러운 동생이 있었다. 겉으로 보면 아무 걱정 없을 것 같은 엄마의 눈에서 자주 눈물이 흘렀다. B의 엄마는 친구들을 잘 챙기고 결핍이 있는 아이들에게 사랑을 주는 사람이었다. 그런 엄마의 마음을 무던히도 애태웠던 B였다. 1, 2등을 다투는 우등생이었고 설득력 있는 발표 능력과 탁월한 글솜씨를 가진 아이였다. 게다가 예쁜 얼굴을 가졌다. 하지만 다정하지 않았다. 냉정한 표정에 직설적인 표현은 선생님들을 불편하게 했다. 친구들에게도 자신의 감정을 솔직하게 표현하고 논리적으로 파고들면 공격하는 느낌을 주었다.

상황 판단이 빠르고 자신의 의견을 다부지게 제시하는 B여서 상처가 있으리란 생각은 하지 못했다. B의 상처와 아픔을 가정 방문을 하면서 알았

다. 어린 시절 어른으로 받은 공포와 트라우마로 누구에게도 곁을 주지 않
는 차가움, 얼굴 예쁘고 똑똑한 아이에 대한 주변의 견제와 학교폭력, 어린
나이에 감당하기 힘든 큰 수술, 병원 입원과 수술 기간 학교와 선생님들의
무심함, 몇몇 철없는 아이가 뱉어내는 말 등 응원보다 상처를 많이 받은 B
는 어른들에게 곁을 주지 않았다. 엄마도 더 이상 학교와 선생님을 믿지 않
았다. 그렇게 B는 어른을 보면 먼저 방어벽을 쳤다. 상처를 들키지 않으려
고 날 서 있었고, 받을 상처가 두려워 상처받기 전에 마음을 닫아야 했다.
그 마음을 헤아리는 사람이 그리 많지 않았다. 냉정한 표정의 B를 사람들
은 넉넉한 가정에서 귀하게 자란 자기중심적인 아이라고 판단했다. 다행히
도 함께 다니는 친구들이 있어서 그 힘으로 잘 생활하는 것처럼 보였다.

3학년 때 매우 아팠다. 병원을 오가면서도 성적에 욕심이 있는 B는 퍼런
입술을 하고 학교에 왔다. 그 수업은 꼭 들어야 한다며 교실로 들어가는 아
이의 뒷모습이 너무도 가여웠다. 다른 아이들이라면 몸이 아파 힘들 때 다
정하게 안아주고 토닥였을 텐데 웅크리며 경계하는 모습에 나도 멈칫한 적
이 많았다. 몸의 병이 더해지니 마음의 상처가 더 깊어졌다. 옆에서 응원하
는 친한 친구들이 있고 그 아이를 좋아하는 남학생도 있었지만, 예민해진
몸과 마음은 나아지지 않았다. 상처는 깊어졌고 엄마와 나는 긴장해야 했
다. 몇 달이 지나서야 B의 눈빛이 서서히 부드러워졌다. 내가 다가오는 것
을 알고 더 이상 웅크리지 않았고 제법 살갑기도 했다. 그래도 언뜻언뜻 보

이는 냉정함은 어쩔 수 없었다.

　2학기 고등학교 선택을 앞두고 B의 스트레스는 커졌다. 한번은 B가 집에 돌아오지 않는다고 연락이 왔다. 함께 찾아보아야 하나 나서려던 차에 전화가 왔다. 혼자 어둑해지는 산속에 우두커니 있는 B를 지나가는 어른이 보고 연락해서 찾았노라고 했다. 왜 산을 갔느냐고 물으니, 자신도 모르겠다며 정신을 차려보니 그 자리에 있었다는 B를 엄마는 아무 말 하지 못하고 안아줄 수밖에 없었다고 했다. 그저 따뜻하게 안아주는 것 외에 무엇을 할 수 있겠는가. B의 깊은 상처와 엄마의 아픔에 나도 한참을 울어야 했다. 다음 날 나는 아무 일도 일어나지 않은 것처럼 B에게 인사를 건넸다. 살얼음판을 걷는 마음이었다.

　엄마의 헌신적인 사랑과 시끌벅적한 주변 친구들의 에너지를 받으며 점차 안정을 찾아갔다. 졸업하는 날, B는 깨알 같은 글씨로 장문의 편지를 보내왔다. 자신이 냉정한 것 잘 안다고, 어른들을 믿지 못해 선생님을 대하는 것도 차가웠는데 그 차가움을 알면서도 손을 내밀어주셔서 감사하다는 이야기였다. 자신이 이렇게 무사히 졸업할 수 있었던 건 선생님 덕분이었다며 앞으로는 단단하게 잘살아 보겠노라는 다짐이 적혀 있었다. B의 편지는 큰 선물이었다. 편지에 시선을 멈춘 채 한참을 가만히 있었다.

고등학교에 가서 나름 잘 생활하는 듯했다. 떠들썩한 친구들과 함께 와서 학교를 시끄럽게 뒤집어놓고 잘하고 있다고 자랑했다. 어느 날 유학을 간다고 전화가 왔다. 똑똑하고 야무진 아이라 자신을 옥죄는 상처를 털어버리고 새로운 환경에서 도전하는 것이 좋은 선택일 수 있겠다 싶었다. 혼자 먼 외국 땅에서 견뎌야 하는 일이 또 다른 상처가 아닐지 걱정이 되었지만, 누구보다 오래 고민했을 B와 부모님의 선택이기에 믿고 응원해 주었다. 스승의 날이면 장문의 메시지를 카톡으로 보내고 가끔 장학금을 받으려고 중학교 성적표와 서류가 필요하다는 연락이 왔다. 서류를 보내달라는 말이 반가웠다. 그것은 잘해내고 있다는 증명이었다.

그렇게 2년이 흘렀다. B의 엄마에게 메시지가 왔다. 학교를 수석으로 졸업해서 졸업생 대표로 연설하고 대통령상을 수상하였다는 소식이었다. 많은 사람과 졸업생 앞에서 연설하는 B의 동영상이 함께 있었다. 학사모를 쓰고 연설하는 B의 모습은 더 이상 어른을 경계하는 어린아이가 아니었다. 외국어를 능숙하게 구사하면서 자연스럽고 다부지게 연설하는 B가 마치 내 아이인 듯 기특하고 자랑스러워 눈물이 났다.

나도 이렇게 벅찬 마음인데 부모의 마음은 어떠하겠는가? 부모의 사랑 덕분이다. 아이 앞에서 불안함을 표현하지 않고 아이를 채근하지 않고 격려한 힘이다. 마음속으로 세상 가장 큰 걱정을 품고 있으면서도 아이 앞에서는 담담하고 단단하게 응원하는 엄마의 품격이 있었기에 가능했다.

　불안 속에 피는 꽃이 더 찬란한 법이다.

　자유롭게 날아올라 멋진 삶을 펼치는 너, 빛나더라.

　날자, 날자. 더 넓은 세상으로 맘껏 날아오르자!

스스로 존재를
증명하는 조 군

기억 속에서 잠시 멀어졌던 조 군 목소리를 듣고 무척 반가웠단다. 잊을 만하면 소식을 전해와서 내 걱정을 해결해 주니 조 군은 참 기특한 친구야. 우리가 만난 지 많은 시간이 지났지? 여전히 조 군은 도전하는 삶을 살았더구나.

중학교 2학년 때 넌 핏기 없는 말간 얼굴에 빈틈없는 인상을 가진 친구였어. 시골 아이답지 않게 하얗고 마른 체구는 허약해 보여서 밥은 잘 먹는지, 어디 아픈 곳은 없는지 걱정이 되었지. 진중한 성격이 몸 전체 스며 있어 쉽게 대하기 어려운 친구였어. 쉬는 시간 교실에 들어가 보면 해맑게 뛰어놀고 장난치는 철없는 학생들 틈에 너와 두세 명은 고개 맞대고 수학 문제를 푸느라 여념이 없었지. 내가 그 속에 고개 내밀고 쳐다보아도 너희들은 누가 보는지도 모른 채 열심히 문제를 풀곤 했어. 난 조 군이 매일 공부만 하는 친구인 줄 알았지. 그런데 반전이 있더구나. 지난해까지 쉬는 시간과 점심시간에는 축구하느라 정신이 없었다고 했지. 아픈 것 걱정하지 않아도 되겠다는 생각이 들었어. 무엇보다 그렇게 좋아하는 축구 대신 공부에 전념하게 된 계기가 궁금했어. 공부하게 된 특별한 이유가 있냐는 물음에 조 군은 대답했었지.

"아버지가 편찮으셔서 엄마가 집안 살림과 생계를 혼자 다 책임지세요. 제가 빨리 좋은 직장을 잡아야 해요. 공부를 잘하는 길밖에 없어요."

부모님을 생각해서 좋아하는 축구 대신 문제를 푼다는 대답에 잠시 숙연해지더구나. 그런데 공부가 재미있다는 거야. 수학은 지난해 수능 시험문제를 풀어보았는데 어려운 문제도 있었지만 좀 풀리더라며 환하게 웃었어. 해맑은 웃음에 나도 따라 기분 좋아졌지. 영어 공부는 어떻게 해야 할지 잘 모르겠다며 공부 방법을 물어보는데 내가 해 줄 말이 없었어. 영어 때문에 꿈을 포기할 정도로 영어는 내 인생에서 가장 약한 고리였거든. 영어 선생님께 도움을 요청해서 문법책을 사주는 것으로 너의 고민에 답했지. 학원 다닐 돈이 아까워 혼자 공부하면서 친구들의 질문에 싫은 기색 없이 가르쳐주던 조 군은 늘 날 감동하게 만든 친구였어.

학교를 떠나고 나는 중소도시로 이사했고 너희들과 멀어지게 됐지. 고등학교 진학을 앞두고 전화가 왔어. 사대부고를 가야 할지, 일반 고등학교를 진학해서 내신을 관리해야 할지 혼란스럽다고 말이야. 의지 강한 너는 사대부고를 가서 서울대를 진학했어. 합격했다는 엄마의 전화가 어찌나 반갑던지. 내 아들처럼 뻐근한 기쁨이었단다.

시간이 흘렀어. 2년쯤 뒤였나. 휴학계를 내고 군대를 간다며 전화했지. 군대 가기 전에 맛있는 밥 한 끼 사주고 싶었어. 몇 년 만에 얼굴을 보았지. 여전히 말갛게 생긴 얼굴이지만 성인이 된 조 군의 모습은 더 진중한 저음에 어른스러운 모습이었어. 아직 진로에 대한 방향이 정리되지 않아 고민이라는 말에 길게 내다보고 조급해하지 말라는 원론적인 대답밖에 해 줄말이 없었어. 지금까지 그래왔듯 스스로 삶을 만들어가는 너를 믿으라는 그런 말들이었지. 성공해서 찾아뵙겠다는 약속을 하고 군대를 갔어. 성공의 의미가 사회에서 말하는 소위 좋은 직업을 말하는 듯하여 조금 걱정되긴 했어. 늘 병으로 고생하는 아버지의 고통과 그로 인한 빈자리, 어머니의 고생스러운 삶과 책임감이 너를 너무 무겁게 누르지 않을까 걱정했지.

그리고 너를 만난 것은 뜻밖에도 TV를 통해서였어. 엄마의 전화로 알았지. 선생님은 아셔야 할 것 같아서 연락드린다는 말에 내가 더 감사했어. 이렇게 잊지 않고 아이의 성장을 전해주시는 엄마가 있어서 든든했단다. 두근거리는 마음으로 텔레비전을 켜고 기다렸어. 조 군이 등장하는 프로그램이 〈강연 100℃〉였지. 우리 이웃들의 따뜻한 인생 이야기를 부제로 한 프로그램이었어.

세상에서 가장 무거운 어깨를 가진 어머님에 대한 고마운 마음을 전하는 조 군의 단단한 말에 미세한 떨림이 전해지더구나. 자신이 서울대를 진학하기까지 어떤 마음으로 노력해 왔는지 떨리는 목소리를 잠재우며 차분하게 전하고 있었어. 앞으로의 시간에 대한 희망을 담고서 말이야. 시간이 많이 흐른 지금도 선명하게 기억나. 난 조 군이 이렇게 TV에 나와 자신의 이야기를 들려주리라고는 상상을 못했어. 예민하고 자존심 강한 조 군이 가정환경을 드러내는 모습은 뜻밖이었지. 내가 어린 조 군에서 벗어나지 못했구나 반성했어. 마음이 단단해진 조 군에 대한 신뢰가 더 커지는 시간이었지. 자기 삶에 당당하지 않으면 해낼 수 없는 일이거든. 누구보다 내면이 강한 멋진 조 군이었어. TV를 보고 전화를 했지. 화면 속에 조 군 목소리와 모습이 정말 자랑스럽다고 말이야. 전화 너머 들려오는 조 군의 목소리와 말투는 여전히 진중하더라. 지금은 찾아뵙지 못하고 미래에 대한 방향이 정리되면 연락드리겠다고 했어.

시간이 흐르고 다시 전화가 왔어. 의대 시험에 합격해서 한 학기를 보냈다고 말이야. 아버지의 고통을 옆에서 보아오면서 의사가 되어야겠다고 생각했다며 쉽지 않은 도전이지만 잘해내고 있다고 말했지. 조 군의 도전과 실행력에 또 한 번 뜨거운 박수를 보냈어.

'조 군'이란 존경의 의미를 담아 부르는 말이야. 사실, 따뜻하게 이름을 불러주고 싶었어. 넌 누구보다 멋있게 자신의 존재를 증명하더구나. 그 여정은 다른 사람들에게 감동이었고 도전 앞에 멈칫하고 주저하는 내게도 큰 배움이었단다.

최근 의사들이 큰 어려움을 겪고 있는 지금 조 군은 어떤지. 외부의 자극에 쉬이 흔들리지 않는 진중한 조 군이니 그 또한 잘 헤쳐 나가리라 믿어. 어떤 선택이든 너를 응원할게.

너를 존경하는 선생님이!

다른 사람의
손을 잡으렴!

　너의 이름을 오랜만에 불러본다. 한때 무수히 너의 이름을 부르고 또 부르며 시간을 보냈지. 마음의 짐을 그냥 차곡차곡 쌓아두기만 하고 버거워하는 너였어. 그 짐들을 어떻게든 가볍게 해 주고 싶었는데 결국 해결하지 못하고 헤어져 마음이 무거웠단다.

　너는 똑똑하고 재능이 많았지. 웹툰 작가가 되고 싶어 했어. 자기 작품을 자랑하고 싶은데 막상 다가가면 보여주기 싫다는 표정을 하고 무심한 듯 내어놓았지. 대상을 아주 섬세하게 표현하더구나. 평소 가만히 있지 못하는 모습과 전혀 다른 꼼꼼함이었어. 샤프 펜을 칼로 아주 날카롭고 얇게 다듬어서 섬세한 선을 빈틈없이 채워 그림을 완성했지. 놀라는 나에게 대수롭지 않다는 듯 그냥 그렸다는 말 한마디 툭 던지지만, 네 표정의 뿌듯함을 난 놓치지 않았어. 산만하고 욕설을 달고 사는 너는, 늘 선생님과 부모님께 걱정만 들었던 너는, 사실 누구보다 어른들의 칭찬에 메말라했어. 그 후 그림을 그리면 나에게 보여주었지. 작품들을 교실 벽에 전시했던 것 기억나지? 네가 그림 앞에 서 있는 모습이 좋았단다.

그림을 그릴 때를 제외하고 너는 잠시도 가만히 있지 못했어. 혼자서 중얼거리고 욕을 달고 살았지. 친구들의 말과 행동에 시비를 걸고 간섭하곤 했어. 너도 모르게 튀어나오는 거친 말은 악의를 담고 있지는 않았지만, 비난과 욕설이 많아서 갈등을 일으키곤 했지. 때론 분노가 휘몰아쳐서 두 손을 부르르 떨곤 했어. 주먹을 내지르지도 못하고 삭이지도 못하는 너를 보고 무엇이 너를 그리 힘들게 할까 궁금했어. 부모님과 상담도 여러 번 했지만, 분노의 원인이 무엇인지 끄집어내지 못했어. 너 혼자 감당하기에 버거운 그 짐은 어른들이 준 상처가 아니었을까 그저 미루어 짐작만 할 뿐이었지.

기억나? 우리가 단합대회를 하던 날 말이야. 단합대회를 한다고 무척 기뻐하고 기다리던 너였는데 공부 때문에 참석을 못한다고 했어. "함께하고 싶은데 섭섭하구나." 하는 말로 아쉬움을 달래고 더 이상 말을 아꼈어. 가장 속상한 것은 너일 것을 알기에 말이야. 점심시간에 미리 준비하려고 단합대회 장소로 갔지. 혼자 하기엔 시간이 걸리고 함께 준비하는 것도 교육의 일부분이라 일손을 구했어. 야채를 씻어 놓고 자리를 정리해야 했거든. 도움을 줄 사람 신청을 받으니 8명쯤 손을 들었어. 그중에 네가 있었지. 놀고 싶은 점심시간인데 고마웠어.

"너는 참석도 못 하는데 일만 하면 어떡해?"

"괜찮아요."

그 모습을 보며 나 혼자 안타깝고 아프고 따뜻했단다. 겉으로는 늘 불만을 표하고 툴툴거리는 너지만 누구보다 마음이 따뜻하다는 것을 알고 있었거든.

친구들이 너무 싫어해서 늘 혼자인 외로운 친구가 있잖아. 그 친구가 자유학기제 체육활동을 선택하는 데 갈 자리가 없는 거야. 모두 자기가 가고 싶은 곳을 양보하지 않았어. 한참 난감해하던 때, 너는 "제가 옮길게요."라고 말했지. 사소한 것 같은데 난 알지. 너희들에게 그 사소함이 얼마나 중요한지 말이야. 모든 것을 걸고 양보하지 않는다는 것도 익히 경험했었어.

"그래도 괜찮겠어?"

"상관없어요."

한때 넌 참 사랑스러운 아이였을 거야. 똘망똘망하고 귀여운 얼굴에 다정한 시절이 있었지? 너의 따뜻함을 알기에 더 안타깝고 손을 내밀고 싶었어. 그런 따스함을 누가 그렇게 거칠게 생채기를 냈는지 안타깝고 또 안타까웠어.

내가 말했지? 너에겐 어른의 도움이 필요하다고 말이야. 자존심이 강한 너는 어른들의 손길이 들어갈 여지를 주지 않았어. 자신이 힘들어도 가족의 상처와 부족함을 감추고 싶었던 거야. 그런 너의 아프고도 따뜻한 마음을 부모님은 이해했을까? 아이의 아픔과 상처를 다독이며 품을 수 있을까? 제발 보아달라고 말하고 싶었지만, 모든 것을 다 이야기하기엔 교사의 개입에 한계가 있더구나. 결국 부모님은 마음을 열지 않았지. 문제에 직면할 용기가 없었던 거야.

마음을 더 열어 보이면 또 다른 세계가 펼쳐진다는 것을 알았으면 해. 우린 누구나 상처를 입고 때론 상처를 주고 살거든. 그 상처 속에서 누군가의 지지와 응원이 있어 한 걸음 나아가는 거란다. 혼자만의 짐이라고 생각하지 말고 마음의 무게를 털어놓으렴. 한결 가벼워지고 편안해질 거야. 힘들면 힘들다고 말하고, 아프면 아프다고 말해. 어른들은 언제든지 손을 내밀 준비가 되어 있어. 너 자신을 괴롭히고 갉아먹기에 너는 너무 소중한 친구거든. 너를 위해서 도움의 손을 내밀어주렴! 그리고 네가 가진 멋진 재능을 기꺼이 세상에 펼쳐 보이렴. 다른 세상이 펼쳐진단다.

넌 혼자가 아니야!

아이의 상처는 저절로 만들어지지 않는다. 아이의 결핍과 상처는 어른의 몫이자 책임이다. 불안한 시간을 보내는 아이들을 만나면서 어른들이 아이의 마음을 세심하게 바라보면 얼마나 좋을지 안타까울 때가 많았다. 조금 따뜻하게 바라본다면, 좀 더 일찍 아이의 마음을 헤아려주었더라면 누구보다 환하게 웃을 아이들이었다. 어른이 열려 있어야 아이의 마음도 열린다. 세상은 치열해지고 아이들이 감내해야 할 시간도 버거운 시대다. 먹을 것과 입을 것, 컴퓨터와 휴대전화 등 원하는 것을 손에 넣을 수 있는 풍요로운 세상이지만 마음은 가난해지고 감정은 더 예민해져 간다. 내 아이가 좋은 어른으로 성장하기를 원하는 만큼 아이들의 마음도 섬세하게 바라보는 것이 매우 중요한 시대이다. **아이들은 생각보다 여리고 어리다.**

당신도
무지개 소년

그해 특별한 입학생이 있었다. 장난꾸러기 아이들 사이 하얗고 긴 머리를 따고 교복은 입은 신입생, 61세 어르신이었다. 입학하기 전 나이 60인데 중학교 입학하고 싶다는 문의 전화가 왔다. 중학교를 다니고 싶은데 가능한지, 가능하다면 무엇을 준비해야 하는지 궁금해하셨다. 학업에 대한 절실함은 감동이었고 어르신의 용기가 크게 와 닿았다. 우리는 새로운 경험이었기에 긴장했다.

"호칭은 어떻게 하죠? 어르신?, 학생님? ○○○ 학생님? ○○○학생?"

"아이들에게는 어떻게 부르라고 할까요?"

"수업 시간 말과 행동을 조심해야겠네요."

"무슨 일을 하시는 분일까요? 졸업은 가능하실까요?"

"그 연세에 공부하시겠다니 대단하세요. 꼭 졸업하셨으면 해요."

협의를 하면서도 많은 질문들이 쏟아져 나왔다. 어르신의 도전과 용기에 아낌없는 박수를 보내며 필요한 지원을 하기로 했다. 입학은 순조롭게 진행되었고 어르신은 중학생이 되었다. 그 해가 하필 코로나19로 모든 것이 멈춰져 있을 때였다. 학교는 학생이 없는 적막한 곳이 되었고 아이들은 집에서 온라인 수업을 했다. 초등학교 때부터 온라인 학습을 했던 다른 신입생과 달리 어르신에게 온라인 학습은 쉬운 일이 아니었다. 직접 대면하면서 배워도 힘든 상황인데 한 번도 경험하지 못한 온라인 수업은 어르신에게 감당하기 힘든 수업이었다. 담임 선생님이 가정 방문을 하여 구글 드라이브에 가입하고 E학습터에서 수업하는 방법을 알려드렸으나 댁에서 혼자 하시는 것은 어려웠으리라. 온라인 학습을 접속하는 방법을 모르면 자녀와 통화를 하면서 수업을 할 수 있도록 설명해 드렸지만, 해결이 되지 않았다. 하필 눈치 없이 길어지는 코로나19 때문에 어르신이 고생을 많이 했다. 과제는 제출하지 못했지만, 빠짐없이 출석 체크는 했다. 그것만으로도 칭찬받을 만한 일이었다.

6월 드디어 학교에 전교생이 모이는 날. 마음이 분주한 나는 다른 날보다 일찍 출근했다. 현관에서 주춤하며 서 있는 사람이 있었다. 긴 머리를 곱게 땋은 뒷모습을 보니 누군지 짐작이 갔다.

"일찍 도착하셨네요?"

"네."

"학교 오시는 마음이 어떠셨어요?"

"긴장되네요."

환하게 웃으셨다. 세월이 만든 주름 사이 환한 웃음이 보기 좋았다. 상기된 표정에 환하게 웃으시며 "긴장되네요." 그 한마디는 많은 것을 품고 있었다. 교실로 안내를 해드리고 잘 계시는지 학급 교실에 가보니 당신 책상에 정자세로 앉아 계셨다. 마을에 차를 놓고 걸어오시고, 피우시던 담배도 다 내려놓으시고, 하루 종일 책상에 앉아 계시는 일이 얼마나 어려운 일일지 나는 잘 모른다. 국어, 사회, 도덕 등은 들을 만하시겠지만, 수학, 과학, 영어 등은 얼마나 어려울지 그저 미루어 짐작만 할 뿐이었다. 수업 시간에 보면 무엇인가를 열심히 적었다. 무엇을 적는지 궁금해서 슬쩍 다가가 공책을 보면 내가 한 말 중 중요하다고 생각하는 부분이 적혀 있었다. 어르신께서 힘 있는 필체로 정성껏 필기한 공책의 문장들이 인상적이었다.

모든 아이에게 어르신은 화제가 되었다. 아이들은 그 연세에 다시 공부를 시작한다는 것만으로도 대단한 용기라고 생각했다. 어르신은 결석 없는 3년 개근이 목표라고 했다. 고등학교를 진학해서 대학을 가고 당신이 하시는 분야에 강의까지 하고 싶은 포부를 펼쳤다. 2학기엔 학급 반장을 하시면서 아이들이 자기 화분을 하나씩 키울 수 있도록 제공해 주시고 간식거리도 늘 준비해 놓으셨다. 고된 농사일과 학업을 병행하면서 허리 디스크 수술을 하시고 코로나 후유증으로 결석을 많이 하셨지만 그래도 배움의 끈을 놓지 않으셨다. 3년 개근은 못하셨지만 졸업식날 아들과 딸의 축하를 받으며 자랑스러운 졸업을 하셨다. 고등학교에 진학하신 후 건강이 나빠지셔서 휴학하셨다고 전해 들었다. 만학도의 길, 쉽지 않은 도전이다.

어르신을 보며 국카스텐 보컬 하현우가 부른 노래 〈무지개 소년〉을 떠올렸다. 희망을 담아 무지개를 찾아가는 소년의 모습. 어르신은 나이와 상관없이 무지개 소년이었다. 하늘에 걸어놓은 꿈을 찾아가는 소년, 그 희망을 따라 존재를 증명하는 소년을 어르신의 모습에서도 보았다.

우리는 누구나 무지개 소년을 꿈꾼다. 기회가 오면 그 꿈을 향해 나아가는 존재이고 그 길에서 배우고 한발 한발 나아가는 존재이다. 저마다 삶의 의미를 찾으며 길을 만들어간다. 어르신이 많은 시간이 흐른 뒤 손자 같은 아이들과 중학교 생활을 시작하신 것도 자신의 삶을 살아가는 여정이었고, 돌아가신 엄마가 가난한 속에서 90권의 책을 어린 우리들의 품에 안겨주신 것도 모두 희망을 만들어가는 삶의 몸부림이리라.

도전하는 자는 참 아름답다.

눈부시게 빛나는 무지개 소년이다.

아무도 모른다.
재단하지 말 것

너를 만난 해는 나에게도 우리 가족에게도 새로운 출발을 하던 해였어. 우리 가족은 그해 갑작스러운 인사 발령을 받고 조용하고 작은 시골에서 복잡한 중소도시로 이사를 왔지. 한적한 시골에서 좋은 사람들과 평화롭게 살아가려고 했는데 준비되지 않은 상태에서 도시로 이사 와서 경황이 없었어. 10km도 안 되는 거리를 30분 넘게 걸려 출근하고 이리저리 끼어들고 질주하는 차들 사이를 운전하면서 도착한 곳은 도시도 시골도 아닌, 공단이 많은 경계 지역이었지. 시골의 순박한 아이들에게 익숙한 나는 낯선 학교와 풍경들에 당혹스러웠어.

3월 2일 오전에 2학년 담임 반 친구들과 인사를 했지만, 나도 너희들도 낯설기만 했지. 그리고 오후에 신입생 입학식이 있었어. 우리 반 아이들이 누군지 파악하기도 전이었지만 입학식장에 익숙한 얼굴이 있었어. 바로 너였지. 어떻게 아냐고? 잠깐 보았는데도 교실에서 본 너는 너무 돋보였거든. 큰 키에 허연 얼굴, 자신의 존재를 드러내는 들뜬 목소리와 표정을 보며 저 아이를 내 편으로 만들면 걱정 없겠구나 생각을 했어. 너를 보고 반가웠어. 너에게 다가가니 너도 날 보고 웃더라. 큰 키에 잘생긴 얼굴로 당당하게 말이야.

대화를 나누면서 내가 본 너의 특징과 성향을 몇 가지 이야기했지. 짧은 시간에 너를 파악하는 것이 도리어 잘못된 판단일 수 있지만 많은 아이들을 만나면서 사람 보는 직관력은 좋은 편이었거든. 나름 촉이 좋은 교사인 거지. 너는 깜짝 놀라더라.

"선생님! 제가 누군지 알고 계신 거예요?"
"우리 오늘 아침에 만났잖아. 잘 지내자."

너는 정말 대단하다며 친근하게 대하더라. '됐어!' 속으로 쾌재를 불렀지. 넌 아빠와 형과 함께 살았어. 아빠는 널 많이 사랑하시지만 혼자 아들 둘을 키우는 것은 어려웠고 넌 성격이 아주 강하고 감정에 휘둘리곤 하는 아이였어. 잘 키워야 한다는 책임감과 하루하루 벅찬 삶까지 겹쳐 부자 사이엔 서로 목소리가 커지고 감정의 골이 깊어졌지. 아빠는 나를 보면 하소연하고, 너는 아빠 때문에 미치겠다고 속상해하고 말이야. 그 둘 사이에서 서로를 이해시키는 일이 쉽지 않았어. 그동안의 상처와 갈등이 깊었고 너는 너무 자기감정에만 충실한 나이였지. 네가 마음이 따뜻하고 다정하다는 사실에 나와 아빠는 의견이 일치했어. 아빤 너를 이해하려 했고 네 편이 되어주려고 노력했어. 하지만 아빠와 너는 이야기를 나누다 분노 섞인 고함이 오가기를 반복했어. 간극이 더 커지더구나.

분노가 다스려지지 않아 너는 가끔 감정이 격하게 표출되곤 했어. 그 분노는 집에서도 학교에서도 표출되곤 했지. 선생님들도 당황스러울 만큼 말이야. 어느 날 내 기준으로 도저히 용서할 수 없는 일이 있었어. 그 일이 어떤 일인지 구체적으로 기억나지는 않지만, 다른 아이를 힘들게 한 일이었어. 지금으로 말하면 학교폭력인 거지. 옥상으로 너를 데려갔어. 크고 강한 몽둥이 하나를 들고 말이야. 당시엔 체벌할 수 있는 때였지만 나는 아이들을 때리지 않았었어. 하지만 그날만은 체벌을 하기로 했지. 너도 긴장하고 나도 긴장한 순간이었어. '만약에 네가 받아들이지 않고 대들기라도 하면 나는 어떻게 하지?' 속으로 걱정이 태산 같았단다. 너는 이미 180cm 키를 가졌고 운동으로 다져진 친구인데, 네가 반항한다면 나는 어떻게 해볼 도리가 없는 상황이었지. 그때 너는 반항이 심해서 학생부에서도 다른 선생님들도 너를 때리지 않았거든. 속으로는 그런 걱정을 했지만 태연스럽게 팔에 힘을 주고 테니스 치던 근력을 모두 모아 때렸어. 생각보다 아픈 체벌에 벽을 잡은 팔이 부들부들 떨리더구나. 여기서 멈출까? 순간 고민스러웠지만 멈춘다면 옥상을 올라간 의미가 없다고 생각했어. 다행히 너는 고스란히 매를 맞아주었지. 잠시 침묵이 흐른 뒤 너는 말했어.

"지금까지 제 엉덩이를 때린 사람은 선생님뿐이었어요. 학생부장 선생님에게도 맞지 않았거든요."

"잘못했으면 맞기도 하고 책임을 져야지 그게 자랑이야? 더 맞아야겠네."

사실 널 많이 걱정했어. 가끔 분노하면 머릿속이 하얘지면서 아무것도 보이지 않는다고 했지. 어느 날 넌 아빠에게도 하지 않은 고백을 했어. 형에게 칼을 휘둘렀다고 말이야. 외박하고 다음 날 친구를 집에 데려왔는데 형이 막 화를 내는 것을 보니 너무 화가 나서 머릿속이 하얘졌다고 했지. 정신을 차려보니 자신이 칼을 들고 형을 위협하고 있다고 말했어. 겁나는 일이었지. 그 칼이 만약 형을 찔렀더라면 하는 생각에 아찔했어. 자신이 생각해도 이해가 되지 않는 폭력적인 행동이 두려웠다고 했어. 그 분노가 계속 자라서 어른이 된다면 누구도 예측할 수 없는 일이 생길 수도 있잖아. 그 이야기를 하는 너를 보니 무섭기보다 연민이 더 컸어. 그 분노를 어떻게 풀어낼 수 있을까? 조심스레 가족들과 상의하고 상담을 요청하면서 풀어냈었지. 다행히 넌 운동을 시작했어. 가끔 운동하기 싫어 뺀질거리고 힘을 과시하다 다치긴 했어도 조금씩 안정되기 시작했지. 머리 회전도 빠르고 체격이 좋아 실력도 쑥쑥 늘어났어. 고등학교에 진학해서 운동하다 그만두길 반복했지. 너는 가끔 대회에 나가 상을 탔다고 자랑하곤 했어. 운동을 하면서도 술 마시고 몸을 챙기지 않아서 많이 다쳤지만, 포기하지 않아서 기특했단다.

　나도 다른 학교로 발령을 받고 사느라 정신없어서 한동안 너를 잊고 지냈어. 어느 날 카톡이 왔지. 간단한 인사를 하고 사진 하나를 보냈더구나. 합격 통지서였어. 서울 소재 대학의 스포츠 지도자학과 합격증이었어. 쉽게 갈 수 없는 대학의 합격증을 보고 어찌나 반갑고 기특하든지. 합격증과 함께 보낸 너의 글이 나를 더 뭉클하게 만들었단다.

　"저 같은 놈도 이런 좋은 대학에 입학했어요. 제일 먼저 연락드리고 싶었어요. 제가 이렇게 사람답게 살 수 있는 것은 선생님 덕분이에요."

　이렇게 말해주는 너란 녀석 정말 고맙더라. 네가 전해준 그 말은 내 삶이, 그 시간이 헛되지 않았다는 것을 증명하는 말이기에 뿌듯했어. 합격증을 받아 든 순간 나를 생각해 준 마음에 또 고마웠지. 지금 너도 어딘가에서 사람을 키우는 지도자의 길을 가고 있겠지? 힘든 시기를 겪어본 너이기에 다른 아이들을 더 넉넉히 품을 수 있을 거야. 방황하고 혼란한 시기를 겪는 어린 친구들에게 너는 누구보다 더 멋진 지도자가 되어 있으리라 믿어. 맘껏 품어주고 키워주렴!

나의 일은 숱한 아이들을 만나는 곳이다. 그곳에서 울고 웃는 것이 내 일이다. 그곳은 살아온 삶이 다른 아이들을 보는 곳이고 지식을 전달하는 것보다 더 먼저 사람을 이해해야 할 곳이다. 아이를 지지하고 응원해 주는 어른이 있다면 아이는 혼란스러운 시기를 이겨낸다. 맹목적인 지지가 아닌 잘못에 대한 인정과 사람에 대한 이해가 기반이 된 응원이 있으면 아이들은 자신의 삶을 걸어간다. 어렵고 힘든 시간을 보내는 아이들에게 틈 사이로 들어오는 찰나의 볕뉘는 가장 소중한 응원이자 빛이 된다.

볕뉘, 그 찬란함이 주는 힘

그 친구의 말로
나를 칭찬할까?

선생님께!

영미 샘, 안녕하세요. 저 D예요.

중학교 3년을 마무리하면서 감사한 마음을 편지로 전해보려 해요. 원래는 졸업식 날 드리려고 했는데 생각보다 오래 걸렸어요. 저희가 1학년 때부터 계셨던 선생님이라 정이 더 많이 들었어요. 첫 만남은 정확히 제가 초등학교 6학년 때였어요. 학교 설명회 때 오셔서 말씀하셨던 기억이 나요. 끝나고 이름을 물어보시던 선생님의 말투도 기억나는 것 같아요. 그때도 다정하게 웃어주셨어요.

중학교 1학년이 되어 온라인 수업을 하면서 선생님이 내주신 과제는 고민이 필요한 내용이었어요. 선생님의 과제는 단순히 평가하기 위한 것이 아닌 삶을 더 의미 있게 살기 위한 고민이 담겨 있었죠. 궁금했어요. 초등학교 때 뵈었던 선생님인 줄 모르고 어떤 선생님일까 궁금했죠. 등교해서 선생님과 수업을 해보니까 더 잘 알겠더라고요. 수업에서 질문은 범위가 넓고 관점에 따라 다르게 보일 수 있는 내용이 많았죠. 질문에 답을 적으면서 나를 돌아보게 되고 '진정한 가치'가 무엇인지 생각해 보는 계기가 되었어요. 더 들어가 우리의 삶은 무엇 때문에 존재하고 무엇 때문에 가치가 있는지를 생각해 보는 기회였어요.

선생님과 수업하며 내가 하루하루 살아가는 것이 단순한 것이 아닌 기적이고, 얼마나 깊이 있는 것인지 새삼 놀랐어요. 선생님이 가끔 제가 신경 쓰지 않았던 것을 말씀하실 때면 숨기고 있는 것을 들킨 것처럼 뜨끔한 느낌이었어요. 현실에 치여 바쁜 나날들을 반복하며 보내고 있는 저인지라, 나의 삶에 대해 깊이 이해하는 시간이 부족했어요.

그런데 선생님과 지내며 '내가 정말 소중한 것을 잊고 산 게 아닐까? 나의 행복을 위한 일인데, 그걸로 날 힘들게 하는 것이 과연 맞는 것인가?'라는 의문이 다시 떠오른 것 같아요. 평소 이런 생각을 자주 했지만, 현실로 누른 채 외면하며 지냈었어요. 글을 쓰면 그런 것들과 솔직하게 마주 보게 되었어요. 수업 시간이 적어서 조금 아쉬웠지만 그래서 그 시간이 더 의미 있고 소중하게 느껴졌어요.

그리고 제 글을 좋게 봐주셔서 감사해요. 제 안의 생각과 감정을 글로 잘 풀어내려고 나름 노력했는데 잘 전달되었다니 다행이에요. 저의 글이 누군가에게 생각하게 하고, 감동을 줄 수 있어서 행복해요. 선생님이 제 글에 대해 말씀하실 때마다 '내가 이렇게까지 좋은 말을 들을 무언가를 하지는 않았던 것 같은데. 그냥 나의 마음을 적은 건데.' 생각하면서도 그런 말씀에 안도와 위안을 받고는 했어요.

저는 저를 자주 탓했고, 힘든 일이 생기면 저의 존재와 가치에 대해 의심을 품었어요. 그렇게 제 자존감은 점점 내려갔죠. 그런 저에게 희망을 주신 선생님! 정말 감사드려요. '내가 이렇게 감동을 줄 수 있는 존재구나. 누군가에게 자그마한 영향을 줄 수도 있구나.' 하면서 다시 삶의 의미를 조금씩 되찾을 수 있었어요. 제가 너무 크게 받아들인 걸 수도 있지만, 선생님의 말씀들이 제겐 아주 소중하게 다가왔어요. 전에 선생님이 말씀하신 것처럼, 제가 생각해도 계속 완벽을 추구하면서 저를 채근하며 살면 지칠 것 같거든요. 지금도 힘들고 숨 가쁠 때가 있으니까요. 저를 생각해 주시고 먼저 말씀해 주셔서 감사해요. 잘 새겨듣고 제가 저를 괴롭게 하는 일이 줄어들도록 연습해 보겠습니다.

1학년 때부터 지금까지 잘 챙겨주셔서 감사해요. 학교에 적응하기 시작했을 때부터 좋은 말씀 덕분에 잘 지낼 수 있었어요. 꾸준하게 감사한 마음이었어요. 그리고 많이 의지했어요.

선생님은 생각이 깊고 단단한 내면을 가지고 있는 분 같아요. 태도적인 면에서도 많이 배웠습니다. 벌써 졸업했네요. 아직도 실감이 나지 않고 받아들이고 싶지도 않아요. 그땐 너무 빠르게 지나간 것 같은데 선생님이 해 주신 말씀은 또렷이 기억나요.

"넌 어디서든 빛날 거야."

그 말을 듣는데 울컥하더라고요. 정말 감사합니다. 고등학교 가서도 선생님이 해 주신 말씀들을 떠올리며 단단하게 지내겠습니다. 학교에 찾아가면 계셨으면 좋겠어요. 꼭 다시 뵙고 인사드리고 싶거든요! 너무 좋은 선생님을 만났는데 헤어지려니 많이 아쉬워요. 또 만날 날을 기다릴게요. 3년의 생활을 선생님과 함께해서 정말 따뜻하게 보낼 수 있었어요.

앞으로도 건강하고 행복하셔야 해요♥

2023. 1. 11. ○○○ 드림

빈틈없으면서도 따뜻한 언어는 깊은 생각을 담고 있어 한 글자 한 글자 자세히 들여다보아야 했다. 그 친구의 편지는 내가 아이들과 만나는 방향이 헛되지 않았음을 증명하는 글이라서 반가웠고 마음을 울렸다. 나의 말이 누군가에겐 희망을 주기도 하고 누군가에겐 상처가 되기도 하는 직업이다.

교사의 무게를 느끼는 시간.

엄마의 눈물은
아이들에게 볕뉘다

11월. 3학년 교실은 생각이 분주해진다. 아이들은 인생의 중요한 선택을 앞두고 매일 매일 생각이 흔들린다. 부모님도 그렇다. 건강하고 즐겁게 자라라는 말로 아이들을 응원해 왔는데 치열한 경쟁 앞에 던져질 아이들 앞에서 흔들린다. 그동안 자신이 중요하게 생각하는 삶의 가치와 방향을 가지고 아이를 응원하던 부모님은 도시 아이들과 경쟁해야 할 아이를 보면서 불안하다. 그 불안감에 공부하라고 채근하고 그런 자신을 보면서 갈등한다.

상담 요청이 있었다. 어떤 모습으로 성장할지 기대되는 친구의 엄마였다. 엄마는 고등학교 선택을 앞두고 생각이 많아졌다. 마음의 소요를 진정하고 싶은 것이리라. 조용한 공간으로 가서 차 한잔을 앞에 두고 일상의 이야기부터 시작했다. 내가 모르는 어린 시절 이야기부터 내가 본 학교에서의 모습, 최근 축제에서 보여준 다재다능한 활동, 재치 있는 말과 친구 관계 등 이야기는 풍성했다. 아이 이야기를 할 때 박수가 터지고 웃음이 절로 나왔다. 아이를 키우는 엄마로서 공감하는 부분도 많았다. 엄마의 표정엔 기쁜 웃음이 퍼졌다.

그러다 엄마는 속이야기를 전한다. 아들이 어렵다고 했다. 작은아들은 자신과 재잘대며 이야기를 나누곤 하는데 큰아이와는 대화가 마음대로 되지 않는가보다. 다정한 성품을 가진 친구라 내가 예상하지 못한 고민이었다. 나도 아들이 어렵다고 했다. 가볍게 자신을 드러내지 않고 머릿속에 상념이 많은 아들이라 쉬이 대하지 못할 때가 많았다. 내 경험을 나누며 엄마의 마음을 헤아리니 엄마의 마음도 편해진 듯 보였다.

고등학교 진학을 앞두고 고민이 많다고 했다. 부모의 틀에 맞춰 아이를 키우기보다 아이가 스스로 자신이 원하는 것을 찾을 수 있도록 응원하는 것이 부모의 역할이라고 생각하는 엄마였다. 성적으로 아이를 채근하지 않고 사교육에 의존하지 않으면서 아이가 하고 싶은 일들을 지원해 주는 훌륭한 엄마였다. 다른 아이들이 시내로 나가 학원을 가고 공부할 때 맘껏 운동하고 악기를 다루면서 자신이 하고 싶은 것을 하도록 지켜보고 응원하던 엄마였다.

고등학교를 앞두고 마음이 자꾸 조급해지고 걱정이 앞선다고 털어놓는다. 자녀를 고등학교에 보낸 주변의 부모님들이 중3 겨울방학이 중요하니 영어와 수학을 공부시키지 않으면 후회한다는 말에 고민스럽고, 고등학교에서 어려울 것이 뻔하니 지금부터 바짝 공부를 챙겨야 한다는 말에 흔들리고 계신 것이다. 그동안 내가 너무 무심했나? 자율이라는 이름 아래 너무 방임하는 것 아닌가? 학원이라도 보내야 하나? 무수한 고민이 머릿속을 떠나지 않는다고 했다. 그래서 영어 공부방을 보내고 열심히 하지 않는 듯해서 이야기를 하려 하면 대화는 겉돌아 속상한 마음이 앞선다고 했다. 모자 사이의 믿음이 무너지는 것 같아 괴롭고 삶에 관한 철학과 공부를 강요하는 잔소리 사이에서 괴로워했다. 진로에 대해서도 부모로서 무언가 코칭을 해 주고 싶은데 어떻게 접근해야 할지 답답한 마음이 앞서기도 했다.

믿고 지켜보는 일과 개입 사이, 그 간극 사이에서 흔들리는 엄마는 그래서 나를 찾았다. 우리나라의 입시 구조에서 내가 엄마에게 해 줄 수 있는 조언이 많지 않다. 나라고 답이 있을까? 나도 역시 흔들렸고 걱정했고 그런 과정을 거쳤다. 그저 엄마의 마음에 공감하고 아이의 마음을 헤아리는 길뿐이다. 아이를 키우면서 먼저 경험한 선배로 내 경험을 전하는 일이 고작 내가 할 수 있는 조언이었다. 우린 아이를 중심으로 다시 생각해 보기로 했다. 나와 엄마는 생각 전환이 빠르고 일 처리가 빠르다. 그 아이는 우리와 달리 시간이 필요한 아이다. 다른 사람의 말을 그냥 지나치지 않고 조율하는 아이는 생각이 많다. 늘 많은 생각들이 머릿속에 가득해 자신이 짊어져야 할 일이 그만큼 많다. 빠르게 결단하고 빠르게 행동하지 않는다. 속 깊은 아이는 드러내지 않지만, 누구보다 단단하고 욕심이 있다. 쉬이 물러서지 않는 강단이 있고 어려워도 다시 일어나는 회복력도 뛰어나다. 우리가 그 아이의 시간과 선택을 응원하며 기다리면 아이는 스스로 성장할 것이라는 결론을 내렸다.

엄마는 눈물을 흘렸다. 주위의 이야기에 흔들려 너무 조급했었다며 마음이 편안해졌다고 했다. 우리 둘은 손을 잡고 울었다. 그렇게 11월과 12월은 엄마들을 만나는 시간이다. 그해 만난 엄마들이 모두 아이 이야기를 하다 웃고 앞으로의 길을 생각하며 눈물을 흘렸다. 눈물 흘리는 엄마의 마음을 알기에 나도 울컥했다. 함께 눈물 흘리고 웃고 그렇게 아이들을 응원했다. 엄마의 마음이다. 누구나 확신이 없고 정답도 없다. 답답할 땐 내가 하는 것이 맞나 누군가에게 확인받고 싶다. 불확실한 사회에서 지지받을 수 있는 대상이 필요한 것이다. 내 마음을 확인받을 때 눈물이 흐르고, 내 마음을 들켰을 때도 눈물이 흐른다.

그 중심엔 아이가 있다. 이 세상의 모든 엄마는 강하다. 하지만 아이 앞에서는 나약하기 한이 없는 엄마다. 그래서 우린 아이의 일에 늘 눈물이 앞선다. 아이들은 엄마의 눈물을 먹으며 성장한다.

엄마의 눈물은 아이들에게 별뉘다.

자신을 사랑하기

너희가 입학했을 때 생각나지? 특별한 개성을 가진 아이들이 무척 많았어. 말도 많고 탈도 많은, 항상 누군가에게 태클을 걸고 누군가를 탓해야 하는 아이들이었지. 그중에 너는 말이 많지 않고 누구를 탓하지 않고 누군가에게 태클을 거는 것도 없는 평범한 아이였어. 해맑은 얼굴에 순수하게 대답하고 그 나이에 맞는 밝고 온화한 모습이었어. 사회를 보는 눈은 성숙하고 날카로워서 도덕 수업에서는 자기 생각을 분명하게 말하고 정치에 대한 관심도 높았지. 산만한 아이들 속에 네가 참 든든했단다.

그런데 다른 선생님은 너를 아주 엉뚱하다고 했어. 교사 화장실 불을 끄고 사라지거나 수업 시간에 아무 이유 없이 잘 보고 있는 TV 전원을 끈다든지 예상치 못한 곳에서 뜻밖의 행동을 해서 당황스러웠다고 말했지. "왜 그랬어?" 물으면 "어떻게 반응하실지 궁금해서요."라고 대답했지. 악의가 있거나 어떤 의도를 가지고 있지는 않아 보였어. 잘못된 행동임을 말하면 수줍은 표정으로 "앞으로는 하지 않을게요."라고 답한 후 잊을만하면 엉뚱한 행동을 되풀이했지.

5월 초, 학급의 특별한 친구들을 감당하기 어려워 담임 선생님이 병가를 내셨어. 내가 담임을 맡게 되었지. 담임이 되어 너를 보는 시간이 많아졌어. 너 참 재미있는 친구더구나. 무심한 듯하다가도 내가 도움을 청할 일이 있으면 누구보다 먼저 눈치 채고 손을 내밀었지. 늘 시선이 머물고 있었던 거야. 다른 친구 때문에 속상하고 마음이 아파 눈물 삼키면 내 붉어진 눈을 보고 마음 아픈 것을 알아주던 사람도 너였어. 겉으로는 무심한 척을 하면서 말이야. 너란 아이를 참 알다가도 모르겠더라. 머릿속에 담고 있는 세계가 궁금했어.

그해 유독 그림을 잘 그리는 친구들이 많았는데 그중에 너는 대상을 특징 있게 표현하는 재능을 갖고 있었지. 화려하지 않지만, 조화로운 색으로 감각적인 그림을 그렸어. 그림을 잘 그린다고 칭찬하면 "제 것이 아니에요. 친구 거예요." 자기 작품임을 부정했어. 보통 칭찬하면 뿌듯해 하는데 의외였지. 좋은 재능을 갖고 있으면서 항상 자신을 부정하고 아무것도 할 수 없는 무기력한 친구처럼 굴었어. 잘하는 것이 뭐냐고 물어도, 하고 싶은 것이 뭐냐고 물어도, 좋아하는 것이 뭐냐고 물어도 늘 대답은 "몰라요.", "없어요."였어. 주목받는 것을 거부하면서 한편으로는 주목받길 원하는 양가적 행동을 보여주었지.

엉뚱함보다 자신을 타자화하는 것이 늘 안쓰러웠어. 회피하려는 마음이 널 그렇게 만들었겠지? 도와주고 싶었단다. 네가 가진 생각과 창의적 아이디어, 그림을 잘 그리는 재능, 간결하면서도 생각이 담긴 문장은 내가 참 좋아하는 재능이었거든. 어떤 삶을 살아왔는지 궁금했어. 스스로 그렇게 부정하고 무기력하게 포장하게 된 원인이 뭔지 알아야 너를 도울 수 있으니까 말이야. 부모님과 이야기하려 하면 아무도 자신에게 관심을 두지 않고 자기 하는 일에 누구도 신경 쓰지 않는다고 대답하곤 끝이었어. 부모님과 통화하면 특별한 이야기가 없었지. 부모님과 대화 속에 언뜻 상처가 있겠구나 그런 막연한 느낌뿐이었어.

그런 너에게 난 국카스텐 보컬 하현우 이야기를 들려줬지. 지금은 많은 사람들이 사랑하고 인정해 주는 음악가지만 조선대학교에서 한 강의를 들으니, 하현우도 10대에는 자신을 '아주 쓸모없는 불량품'이라고 생각했더구나. 그리고 자신의 부족하고 불안한 모습을 노래에 담아냈어. 아프면 아픈 대로, 상처가 있으면 상처가 있는 대로, 결핍된 자신을 들여다보고 노래에 그것을 담아냈지. 자신의 불안과 부족함을 담은 노래는 좌절하고 아픈 청춘들에게 더 큰 위로를 주었어. 상처 입고 아픈 사람들에게, 자신을 초라하게 생각하는 사람들에게, 아무 의욕 없이 하루하루를 살아가는 사람들에게, 미래가 불안한 청춘들에게, 노래 속 결핍된 자아가 자신에게 투영되어 위로를 주는 노래를 부르더구나. 음악만이 불안한 자신들이 힘든 세상을 살아갈 수 있는 유일한 무기였다고 했어. 나도 국카스텐 노래를 들으며 아내로, 엄마로, 직업인으로 그렇게 불리다 보니 잊고 있었던 나 자신을 들여다보게 되었지. 참 묘한 힘을 갖고 있더구나.

하현우 강의를 보며 너를 떠올렸어. 너에게는 통하는 점이 많은 선배가 될 것 같았어. 예술적 감각이 좋고, 다른 사람들이 스쳐 지나치는 것을 예민하게 느낄 수 있는 직관력이 닮았어. 다른 사람과 다른 관점에서 사물을 바라보는 것도 아주 비슷했지. 너를 생각하며 편지를 쓰고 하현우 솔로 앨범을 선물로 주었어. 편지 잘 읽었다며 자신도 열심히 살아보겠다고 대답했지. 노래에 대한 반응이 없는 것을 보니 하현우 노래는 네 취향이 아니었나 보더라.

국카스텐 하현우가 음악으로 살아갈 힘을 얻고 자신의 존재를 증명했듯이 너도 충분히 그럴 능력이 있음을 난 알고 있단다. 넌 누구보다 사랑받을 자격이 있다는 것을, 넌 다른 사람이 갖지 못한 예술적 재능이 있다는 것을, 넌 사람들에게 따뜻한 온기를 주는 다정함을 갖고 있다는 것을, 세상과 싸울 수 있는 무기를 넌 갖고 있다는 것을 말이야. 그 무기가 무엇인지를 찾아가는 길이 앞으로 네가 가야 할 길이겠지?

무엇보다 가장 먼저 너를 사랑하렴. 너를 사랑하면 네가 얼마나 멋진 사람인가를 알게 될 거야. 창의적이고 예술적 감각이 있고 논리적인 사고력까지 가진 사람은 그리 많지 않거든. 네가 가진 능력과 재능은 훗날 어디선가 흔들리는 청춘에게 삶의 멘토가 될 거야. 미래의 너는 불안하고 방황했던 이 순간이 어른이 되는 자양분이 되었다는 것을 기억하겠지?

사실 누군가의 멘토가 아니어도 좋아. 너는 그대로 너로 빛날 테니까. 너를 먼저 사랑하렴. 너를 사랑하는 힘은 너를 살아가게 하는 원동력이 되고 빛나는 존재로 만들어 줄 거야.

사람은 변화하는 존재이다. 자신을 끊임없이 새로운 영역으로 내던지면서 변신하고 존재를 증명한다. 변화의 속도, 존재를 증명하는 속도는 사람마다 다르다. 자신을 직면하는 순간이 존재를 증명하기 위한 시작이다. 그리고 천천히 스스로 존재를 증명하며 자신의 세계를 만들어갈 것이다. 그 속도를 알아채고 있는 그대로를 인정하며 보내는 응원 속에 아이들은 성장한다.

볕뉘 넷

단단한 삶을
위한 여정

"인간은 개인적 관점에서는 의미 지향적 삶을, 사회적 관점에서는 사회 친화적 공존의 삶을 살도록 정해진 존재이다."

_요아힘 바우어, 『공감하는 유전자』

아이들이
친구를 환대하는 법

중학교 2학년인 K는 2월부터 피부질환을 심하게 앓았다. 스트레스가 크다 보니 K와 부모님은 상황이 좋아질 때까지 학교를 쉬기로 했다. 나는 K를 출석부에서만 만났다. 5월이 끝나갈 무렵이었다. 복도에 낯선 아이를 둘러싼 익숙한 얼굴들이 보였다.

"이 친구가 K예요."

"안녕? 도덕 선생님이야. 이름으로만 만났는데 직접 보니 더 반갑구나."

그날 K의 반 수업이 있었다. K는 생각보다 밝고 똘망똘망했다. 어색할 만도 한데 자연스럽게 모둠활동에 참여하고 있었다. 심지어 주도적으로 이끌어가고 있었다. 수업을 마치고 담임 선생님에게 K가 생각보다 밝고 적극적으로 참여해서 보기 좋았다고 칭찬했다. 담임 선생님의 이야기를 듣고서 아이가 왜 그렇게 밝고 편안했는지를 알았다.

주말을 이용해서 학급 아이들이 카톡을 주고받았다고 했다. 시작은 반장이었다. 80여 일이 지나 학교에 오는 친구를 환영하는 것이 어떠냐는 제안을 했단다. 아이들도 반갑게 동참했다. 아이들의 마음을 모아 케이크를 준비해서 따뜻하게 맞이했다. 중2병이라는 말이 유행처럼 회자되는 시기인데 이렇게 마음을 모아 따뜻하게 환대하는 일은 흔하지 않았다. 선생님도 생각 못한 아이들의 따스함이었다. 뒤늦게 학교를 오는 K의 마음은 설레면서도 낯선 어색함이 공존했으리라. 오는 발걸음이 무거웠을 텐데 친구들의 따뜻한 환대에 마음은 가벼워지고 교실도 편안했을 것이다. 주저하던 발걸음이 사라지고 환하게 웃는 K의 모습이 그려졌다. 아이가 밝은 원인이 더 있었다. 학교에 오지 않는 친구를 위해 학급 친구들이 번갈아 가며 학교 소식을 전해주었다. 교과 선생님이 주는 학습지를 챙겨 전해주고 2학년 수업이 어떤지 들려주었다고 했다. K에게 학교생활이 친근하게 느껴질 수밖에 없었다. 친구의 따스함까지 더해져 마음 편했으리라.

코로나를 거치며 더 삭막해지는 곳이 학교였다. 더구나 자기감정에 충실한 중학교 시기에 흔히 볼 수 없는 따뜻한 환대였다. 아이들의 따스함은 어디에서 오는 걸까 궁금했다. 학교를 오래 나오지 못한 K의 개인적인 매력이 있기에 가능한 환대였으리라. 하지만 그것만으로는 학급 전체의 환대를 설명할 수 없었다. 무엇보다 이 아이들은 협의하고 문제를 해결할 줄 아는 마음의 공간이 있었다. 부모와 나누는 대화와 가르침, 학교에서 경험한 민주적인 숙의 과정, 마을이 주는 평화로움 등이 아이들에게 그런 마음의 공간을 내어주었으리라. 내 아이와 내 가족이 아닌 우리 아이들, 우리 마을, 함께 마을을 가꾸고 아이를 돌보는 것이 삶의 중요한 가치인 어른들이 있었다. 그 속에 자란 아이들은 나만 생각하는 것이 아니라 옆을 돌아볼 줄 알고 함께 공유하는 것을 배웠다. 부모들의 세상을 보는 관점이 나와 가족에게만 향해 있지 않기에 가능하다. 함께 아이들을 성장시키고 배움을 만들어가는 곳이기에 가능한 따스함이다. 그 배움이 아이들에게 다른 사람과 손잡고 함께 가는 마음을 갖게 했다.

아이들의 따뜻한 환대를 보고 우리 사회를 한번 돌아보았다. 사회는 무엇을 소중하게 생각하는가. 부모들의 삶을 대하는 시선이 어디로 향해 있는가. 치열한 경쟁 사회라는 이유로 우리는 아이들을 성적으로 줄 세우고 학원으로 내몰면서 아이들이 행복하게 살기를 바라고 있지 않은가. 우리 삶에서 정말 소중한 것이 무엇인지 성찰하는 시간이었다.

공부 말고도 신경 써야 할 일들이 많은 시기이다. 우리 아이는 학교폭력으로부터 안전한가, 따돌림을 당하고 있지 않은가 부모들은 걱정이 많다. 끊임없이 경계하고 아주 사소한 일에도 내 아이의 안전을 위해 목소리를 키운다. 불안감의 소산이다. 어디도 안전한 곳이 아니라는 불안감은 늘 내 아이만을 중심으로 보게 된다. 함께하는 마음을 둘 여유가 없다. 부모의 불안은 아이들 마음을 파고든다.

최근 학교는 불안한 어른들의 삶이 그대로 투영되는 곳이 되었다. 치열한 경쟁과 결과 중심의 사회는 학교를 자꾸 내 아이 중심으로 만들어간다. 불안한 마음은 조그마한 일에도 걱정이 앞서고 서로에게 예민해진다. 부모와 아이들의 불안감은 학교에 대한 불신을 만들고 선생님의 교육활동은 다양한 민원과 부당한 간섭으로 귀결된다. 열심히 교육활동을 하고 생활지도를 하는 것이 선생님의 발목을 잡기도 한다. 그 심리적 무게를 견디지 못하고 퇴직을 결심하게 되고, "아무것도 하지 않으면 아무 일도 일어나지 않는다."라는 말이 교육 현장을 멈추게 했다. 그 피해는 결국 아이들의 몫이다. 더 좋은 교육을 받을 기회를 잃어버리는 것이다.

학교가 누구도 편안하지 못한 곳으로 되어가는 사실에 마음이 무겁다. 내 아이만을 생각하는 예민함이 바이러스처럼 퍼져 선생님과 학부모 사이의 간극이 커지고, 그 간극이 더 큰 불신을 만들어내는 것은 아닌지 학교를 사랑했던 사람이기에 더 쓸쓸해진다.

아이들의 건강함은 어른들의 건강함이 있어야 가능하다. 친구를 따뜻하게 환대하고 서로를 응원하는 것이 가능했던 것은 내 아이만 생각하는 부모가 아니라 우리 아이들이 행복한 곳을 만들기 위해 함께 고민하는 어른들이 있었기 때문이다. 이 세상 모든 부모의 바람은 아이들이 안전한 공간에서 생활하고 좋은 사람으로 성장하는 것이다. 그 바람을 담아 너그러운 마음과 따뜻한 시선으로 학교를 바라보았으면 좋겠다. 학교는 사회적 공존이 가장 중요한 곳이다. 학교와 선생님을 향한 따뜻한 시선이 곧 내 아이가 안전하게 자랄 수 있는 초석이 될 것이다. 아이들의 사랑스러움과 따뜻함은 어른들의 몫이다.

질문이 있는 수업

내 수업은 주로 모둠 협업 수업으로 이루어진다. 모둠이 주제를 선정하고 구글 드라이브를 통해 함께 자료를 찾고 PPT를 만든다. 수업 시간에 진행되지만, 시간이 더 필요할 경우 적당한 시간을 정해서 함께 만나 자료를 만들거나 각자 가능한 시간에 들어가서 자료를 보완하기도 한다. 구글은 언제 어디서든 협업을 할 수 있어 활용하기 좋은 플랫폼이다. 나는 모둠원들이 협업하고 있는지 확인하고 필요한 경우 피드백을 한다. 좋은 자료가 있으면 다른 반에 공유하기도 하고 다음 수업 자료로 활용한다. 아이들의 자료는 나에게도 아주 유용하게 쓰인다.

2학년 정의로운 사회 단원의 모둠활동 발표 시간이었다. 주제는 '정의로운 국가란 어떤 모습인가?'였다. 정의로운 국가의 조건이 무엇인가 조사하다 행복한 사회가 정의로운 사회가 아닌가 생각해서 행복지수가 높은 나라들을 조사한 모둠이다. 행복지수가 높은 나라를 순서대로 말하며 그 나라들이 왜 행복한지 나름의 이유를 제시한다. 자신들의 삶을 스스로 정리하는 시간을 갖는 핀란드 사람들의 문화, '함께', '더불어'라는 가치를 중요하게 생각하며 비교하지 않고 행복하게 살아가는 덴마크, 직업 편차가 적은 노르웨이 등 모둠 자료가 적절하게 정리되어 있었다.

행복한 나라를 전하며 우리 사회의 현실로 이어진다. 우리 마을과 아이들은 비교적 나은 삶을 살아가지만, 아이들이 행복한 사회는 아니라는 진단이다. 그럼 우린 어떻게 해야 할까, 시민들은 무엇을 해야 할까에 대한 발표가 이어졌다. 발표는 아주 매끄럽고 내용도 알차게 진행되어 흐뭇했다. 발표가 끝나고 질의응답 시간이 이어졌다.

Q. 경제적으로 풍요로운 나라들의 행복지수는 어떤가? 우리나라는 어디쯤 위치하는가?

A. 행복지수를 조사하다 보니 어떤 기준이냐에 따라 행복지수 순위가 달랐다. 우리들은 유엔에서 발표한 것을 기준으로 정리했다. 우리나라 행복지수는 54위였다. 사회 부패 부분에서 낮고 불행한 감정이 높다는 점이 그런 결과를 가져온 것으로 판단했다. 노르웨이나 덴마크처럼 경제적으로 안정된 나라의 행복지수가 높은 경우도 있지만 가난한 나라의 행복지수가 높

은 경우도 있었다. 우리나라처럼 경제적으로 높은 나라들이 행복지수가 낮은 나라도 있었다.

Q. 행복지수가 높은 다섯 나라 중에 한 나라를 선택해서 살고 싶다면 어떤 나라에서 살고 싶은지 그 이유는 무엇인지 답해달라.

A1. '핀란드'라고 생각한다. 지난해에 핀란드 교육 영상을 보고 학생들이 행복하게 즐기며 학교생활을 하는 교육이 부러웠다. 그래서 핀란드 학교를 경험하고 싶다. 지난해 핀란드 교육 관련 영상을 보았는데 함께 보여주고 싶어서 준비했다. (영상 시청)

A2. 나는 '아이슬란드'를 선택했다. 역시 교육에 있다. 예전 아이슬란드의 학교 이야기를 본 적이 있었다. 자신이 하고 싶은 일을 찾아가는 아이들 모습이 굉장히 부러웠다. 나도 아이슬란드에 가서 살아보고 싶다.

A3. '덴마크'다. 덴마크 사람들이 행복한 이유가 비교하지 않고 함께 살아가려는 마음이 있기 때문이라는 이야기를 책에서 읽었다. 그래서 실제 그들의 삶을 보고 싶다.

A4. '노르웨이'를 골랐다. 노르웨이는 복지제도가 잘되어 있는 나라라서 선택했다.

Q. 우리나라는 그럼 '헬조선' 인가?

A. 인터넷에서 '헬조선'이라는 말을 들었지만, 우리나라를 헬조선이라고 말하기는 어려울 듯하다. 행복지수가 조사하는 것마다 조금씩 달랐다. 사람의 생각도 각자 다르다. 우리나라 사람 중에서도 행복한 삶을 살아가는 사람도 있고 그렇지 않은 사람도 있다. 나는 비교적 행복한 삶을 살아가고 있다고 느낀다.

Q. 행복지수가 높은 나라들의 아이들이 행복한 나라들인데 그럼 교육과 행복은 어떤 관계냐? 교육과 행복은 상관관계가 있나?

A. 교육이 어떠냐에 따라 나라가 달라질 수 있다고 생각한다. 교육이 좋다는 것은 그 나라가 여러 가지를 잘 만드는 나라이기 때문에 가능하고 우리나라처럼 너무 경쟁적인 교육은 모두를 불행하게 만드는 것 같다.

Q. 노르웨이가 직업 편차가 크지 않아 행복지수가 높다고 했는데 우리나라는 직업 편차가 크지 않냐? 직업 편차를 줄일 방법을 말해달라.

A. 그것까지는 생각하지 못했다. 우리나라는 좋은 직업과 하고 싶지 않은 직업이 차이가 크게 나서 더 경쟁이 심하다. 줄일 방법까지는 잘 모르겠다. 자료를 찾아보고 좋은 답변이 있다면 다음에 하겠다.

오늘 발표한 모둠의 내용은 훌륭했다. 발표자의 목소리, 내용에 대한 명확한 이해는 인상적이었다. 대답을 하면서 예전 보았던 영상을 즉시 찾아내 대답으로 이어지는 순발력 있는 대응은 매우 돋보였다. 모둠원 중엔 평소 사람들 앞에서 말하지 않는 친구가 있었지만, 친구들의 응원 덕분에 자신의 목소리를 내어 대답을 한 점도 모둠활동의 긍정적인 측면이다.

훌륭한 수업이었다. 발표를 잘하는 것으로 끝났으면 '좋은 수업'이지만 '훌륭한 수업'이라고 평가하긴 어렵다. 무엇보다 이 수업이 훌륭한 이유는 '질문'에 있었다. 날카롭고 깊이 있는 질문이 있어 수업은 풍성해지고 사유가 담긴 이야기들이 오고 갔다. 질문이 없었다면 발표한 모둠원들이 그렇게 돋보이지 않았으리라. 자신들이 준비한 내용을 발표하기는 쉽다. 발표와 질문에 답하는 것은 다른 영역이다. 질문에 답하는 것은 내용에 대한 충분한 이해가 있지 않으면 어렵다. 준비한 자의 자신감이고 역량이 있기에 가능한 수업이다. 좋은 질문과 질문에 답하는 발표자의 질의응답은 질문자와 발표자, 경청하는 모두에게 배움이 되고 사고의 확장을 가능하게 한다. 좋은 질문은 발표한 내용을 주의 깊게 경청하고 그 내용에 대한 사고를 거쳐 나온다. 질문하고 답하는 과정은 미처 생각하지 못하는 부분을 채워주기도 하고 또 다른 생각할 문제를 제시하기도 한다. 우리가 더 깊이 다루어야 할 이야기들이 질문과 대답 속에 있다는 사실을 수업하면서 체득했다. 사유 담긴 질문이 나오면 아낌없이 칭찬한다. 좋은 발표에도 칭찬을 하지만 좋은 질문엔 내가 할 수 있는 가장 좋은 목소리와 언어로 칭찬한다.

교과서 내용을 외우고 시험을 위한 문제 풀이를 하는 교실에서는 이런 질문과 대답이 나오지 않는다. 모둠 발표도 점수를 얻기 위한 과정일 뿐 배움이 일어나지 않는다. 혼자가 아닌 함께 협업하고 생각을 나누는 과정에서 아이들은 서로 배운다. 아이들이 스스로 사유하고 성장하기를 바란다면 질문이 있는 시간을 주어야 한다. 좋은 질문은 나를 자극하고 함께 더불어 성장하게 한다.

- 어떤 수업을 해야 하는가?
- 어떤 배움을 하길 원하는가?
- 아이들에게 어떤 역량이 필요한가?
- 우리 아이가 어떤 역량을 갖기를 원하는가?

훌륭한 일꾼,
그곳에서도 빛나길!

마을은 해마다 5월이면 '마을 놀장'을 연다. 작은 축제다. 작은 시골의 마을 축제지만 절대 소박하지만은 않다. 마을협동조합에서는 다양한 체험 부스와 작품 전시 부스를 운영하고 알뜰장터와 학생들의 무대 공연, 마을 예술가들의 공연 등 알차고 다채롭게 운영된다. 마을에서 열리는 축제이니 아이들이 대부분 축제를 즐긴다. 밴드동아리, 댄스동아리 친구들이 공연하고 몇몇 친구는 체험 부스를 운영한다.

마을교육 업무를 담당하는 나도 덩달아 바쁜 달 5월. 4 · 16 세월호 기억 문화제에 이어 5 · 18 광주 오월길 답사 등 일들이 많았다. 외로운 어르신 반찬 배달을 하는 동네 손주 운영까지 겹쳐 매주 토요일마다 마을교육 프로그램 운영에 나도 많이 지친 상태였다. 이번 놀장에는 순수하게 구경꾼으로 참여해 볼까? 그렇게 조용히 지나려던 참이었다. L이 나에게 왔다.

"마을 놀장에 체험 부스를 하고 싶어요. 어떻게 해야 해요."

"그래? 체험 부스는 어떤 프로그램으로 하려고 해?"

"해도 돼요?"

"그럼, 하고 싶으면 해야지. 우선 신청서를 내야 해."

이틀 후 카톡이 왔다. 체험 부스를 같이 할 친구들을 모아 카톡방을 만들고 나를 초대했다. 카톡방에서 서로 의견을 나누면서 체험 부스 주제를 결정했다. 필요한 물품을 검색하고 필요한 수량을 적어 보냈다. 체험 부스 준비가 착착 진행되고 있음을 눈으로 확인했다. 며칠 후 체험 부스와 공연에 참여하는 대표자들의 사전 모임이 있었다. 진행 상황을 공유하고, 운영을 원활하게 하기 위한 협의였다. 나는 일이 있어서 L이 학교 대표로 참석했다. 축제 준비에 아이가 참석한 것은 처음이었다. 오후 8시에 카톡이 왔다. 축제 준비 협의 결과를 정리해서 보내주었다. 체험 부스의 부스별 위치와 준비물, 공연 마당 일정과 리허설 일정까지 잘 정리되어 있었다.

'이 친구 일할 줄 아네.' 내심 놀랐다. 학생회 대표도 아니고 평소 놀기 좋아하고 해맑은 친구였다. 무슨 일이든 적극적이었지만 어른들 틈에서 자신의 목소리를 내고 결과를 공유하는 일을 척척 해낼 줄 생각도 못 했다. 웬만한 어른들보다 일 처리 능력이 뛰어났다. 그 뒤로 일의 진행은 일사천리였다. 필요한 재료를 구입하면 진행할 친구들이 모여 매듭 연습을 했다. 진행 상황을 점검하고 학교에서 지원해 줄 수 있는 것이 무엇인지 살뜰하게 챙겼다. 포스터를 제작하고 홍보하는 일까지 내 손 갈 일이 없었다. 나보다 실행력이 좋았다. 카톡으로 주고받는 과정이 너무 신기해서 선생님들에게 L의 활동과 추진력을 자랑했다. 모두 감탄을 금치 못했다. 이런 능력이 있을 줄은 누구도 예상하지 못했다. 체험 부스 운영 전날 운영팀에 아픈 친구가 생겼다. 아픈 친구를 대신해 재빨리 다른 친구를 섭외하여 과정을 공유했다. 당일 아침에 일찍 만나 새로 합류한 친구에게 매듭 팔찌 만드는 법을 가르쳐서 준비하겠다고 했다. 걱정하지 말라고 나를 안심시켰다. 보통 아이들이었으면 전화해서 어떻게 하냐고 투정 부렸을 텐데 L은 문제를 해결하고 그 결과를 나에게 공유해주었다.

체험 부스를 할 때도 어린 동생들을 상대로 친절하게 색상을 선택하게 하고 같이 만드는 모습은 15세 아이라고 생각하기 어려울 만큼 어른스럽고 자연스러웠다. 5월 뜨거운 햇살 아래 볼은 빨개지고 땀은 흐르는데도 생글생글 웃는 얼굴에 다정한 말은 변함이 없었다. 좋아하는 담임 선생님 팔찌까지 챙기는 이 다정함이라니. 3시간 가까이 체험 부스를 운영하더니 드디어 완판! 고생한 친구들을 칭찬한 후 남은 시간은 축제를 즐기고 헤어졌다. 지쳐 늘어진 저녁 시간, 카톡방이 울렸다. 카톡방을 보고 또 감동했다.

"모두들 수고하셨어요. 올해 즐거웠고 내년에도 우리 다시 잘해봐요. 주말 잘 쉬고 월요일에 만나요^^ 선생님! 감사해용~ 선생님이 아니었으면 우리 힘으로 못해냈을 거예요. 힘드실 텐데 편히 쉬세요^^"

    모든 과정이 감동이었고 눈부시게 예뻤다. 마지막 인사까지 완벽한 마무리. 나를 능가하는 15세 리더였다. 내가 한 수 배웠다.

    공부엔 그리 관심이 없고, 장난치고 웃고 떠들고 때론 시끄럽기까지 한 L이다. 애교는 많아 늘 웃음이 넘쳤다. 적극적이고 밝은 아이로만 알았는데 이런 리더십이 있으리라곤 상상도 못했다. L의 참모습을 우린 모두 모르고 지나칠 뻔했다. 교실과 수업만으로는 알 수 없는 역량이다. 그 역량은 그냥 만들어진 것이 아니었다. L의 타고난 성품도 있지만 초등학교 때부터 학교와 마을이 아이들에게 활동할 공간을 주고 다양한 경험의 기회를 제공해 주었기에 가능했다. 경험은 아이들을 성장하게 한다. 어려운 문제에 직면했을 때 주저앉지 않고 해결할 힘을 만들어 준다.

    L이 전학을 갔다. 할머니와 생활하다 엄마 곁으로 가기 위한 전학이었다. L에겐 너무 잘된 일이었다. 겉으로는 늘 밝고 씩씩했는데 엄마와 떨어져서 생활하는 외로움이 얼마나 컸을까? 15세는 아무리 의젓하고 밝아도 엄마 품이 그리울 나이다. 우린 멋진 리더를 잃었다. L의 역량을 알아채는 사람이 있기를 간절히 빌었다. 그곳에서 찬란히 빛나기를 바라는 마음이었다.

아이가 마을에 던진
묵직한 과제

마을교육공동체가 활발하게 운영되는 곳에서 근무할 때였다. 한 해 마을교육을 돌아보는 포럼이 있었다. 그동안 어른들이 모여 마을교육을 돌아보고 앞으로의 방향을 깊이 있게 논의하는 자리였다. 마을교육의 중요한 주체인 아이들의 목소리가 필요했다. 마을에서 어떤 교육을 준비하면 좋을지, 아이들이 마을에 기대하는 것은 무엇인지 제안할 학생을 추천해달라는 요청이 왔다.

학생회를 모아 참여할 의사를 물었더니 어른들이 참석하는 자리가 부담스러워 선뜻 나서지 않았다. 학생회 생활부장이었던 O에게 제안했다. 잠시 고민하더니 자기가 참여할 자리인가 걱정되지만, 좋은 경험이 될 것 같다며 하겠다고 했다. 어떤 이야기를 해야 하는지 묻기에 마을은 나에게 어떤 의미인가, 마을이 청소년의 성장에 어떤 경험을 주었나, 마을에 제안하고 싶은 말 등등 하고 싶은 말은 맘껏 하라고 했었다. 코로나19 시기여서 인원 제한이 있었다. 친구들과 함께하지 못하고 혼자서 참석했다. 10분 정도의 발제이지만 어른들 틈에서 16세 아이가 혼자 참여하기엔 긴장되고 부담스러운 자리였다. 그럼에도 O의 힘을 믿기에 별다른 조언을 하지 않았다. 어른들 틈에 긴장한 모습의 O가 보였다. 손을 흔들어주니 웃으며 고개를 끄덕였다. 마을에서 본 익숙한 어른들이라 그리 어색해 보이지 않았다.

마을 활동가들의 이야기가 펼쳐졌다. 폐교 위기의 학교를 살리기 위해 마을 주민과 학교 선생님들이 모여 교육과정을 함께 운영하여 마을에 아이들 소리가 많아진 마을이 되었다. 한 걸음 더 나아가 청년이 마을에 머물고 청소년들이 성장하여 건강한 마을 시민으로 뿌리내릴 수 있는 선순환 구조를 만드는 것이 마을의 목표이다. 그 길에 필요한 제안, 학부모들의 소통, 청년과 청소년이 머물 공간 확보 등 다양한 발제가 이어졌다. 아이들이 경쟁 사회의 구조에 편입되지 않고 건강한 시민으로 자라기를 바라는 사람들이 어느새 아이들을 학원으로 내몰고 있다며 어떻게 바라보아야 할 것인가 묵직한 성찰도 담았다.

드디어 청소년의 목소리를 듣는 순서가 되었다. 어른들의 관심이 남달랐다. 마스크 위로 빨개진 볼, 긴장한 표정이지만 부드러우면서도 야무진 O의 발언이 이어졌다. 살짝 떨리는 목소리는 O의 이야기를 더 몰입하게 했다.

마을에서 많은 것을 경험하고 즐겁게 생활했다. 초등학교 때 마을 어른들의 삶을 배우면서 우리 마을에 어떤 어른이 살고 어떤 과정을 거쳐 형성되었는지를 이해하게 되었다. 중학교에 올라와서는 교과 수업들이 많아지면서 마을과 연계된 수업들이 적어졌다. 그 점이 아쉽다. 그럼에도 마을의 경험이 중학교로 이어져 다양한 활동을 운영했다. 생활 협약, 스스로 기획한 다함께 캠프, 체육대회, 축제, 현장 체험학습, 서로 협의하고 토론하는 문화 등을 통해 자발성을 길렀다. 자신들이 성장하는데 마을의 다양한 경험은 큰 힘이 될 것이라는 이야기를 야무지게 전달했다. O의 발언을 들으며 마을 어른들은 마음 벅찼다. 그동안의 시간과 고생이 헛되지 않았구나 확인하는 시간이었다. O의 발표가 이어졌다.

선생님과 어른들은 인공지능이 우리 삶에 들어오고 빠르게 변하는 사회에서 성적이 더 이상 전부가 아니라는 말을 한다. 우리도 크게는 동의한다. 하지만 대학 수능 시험과 취업 등을 생각하면 우리들의 불안감은 없어지지 않는다. 고등학교 선택을 앞두고 영어, 수학 공부를 해야 하고 좋은 대학을 가기 위해서는 수능을 대비하는 준비를 해야 한다. 경쟁해야 할 현실이 스트레스로 다가와서 초조하고, 그 불안감을 해소하기 위해 시험공부에 매달리면서 학원을 선택할 수밖에 없다고 말한다.

아이들의 현실적 고민인 동시에 어른들의 고민이기도 했다. 그리고 이어진 O의 말에 어른들은 숙연해졌다.

"우리가 좋은 대학과 사회적 성공이 중심이 되는 사회의 요구를 거슬러 갈 수 있도록, 우리가 원하는 것을 스스로 찾아갈 수 있도록 마을이 환경을 만들어 주었으면 한다."

연대하고 함께 사는 사회를 만드는 일에 확신을 가질 수 있도록, 함께하는 활동을 하면서 성취감을 느끼고 미래를 만들어갈 수 있도록, 불안해하지 않고 자신이 원하는 삶을 선택할 수 있도록, 그런 믿음과 확신이 설 수 있도록 마을에서 판을 만들어달라는 주문이었다. 그리고 발제할 내용을 준비하면서 이 마을이 얼마나 좋은지, 마을에서 자랄 수 있어서 얼마나 행복한지 생각하는 시간이 되었다는 소감을 전했다. "엄마의 딸로 태어나서 정말 고맙고 행복해."라는 다정한 말을 전하는 O가 얼마나 사랑스러웠는지 모른다. O의 엄마가 부러울 지경이었다.

O가 상기된 표정으로 발언을 끝내자, 어른들의 터지는 박수와 환호가 공간을 가득 채웠다. 어른들의 박수는 야무지고 당찬 아이를 만든 마을이라는 뿌듯함이었고, O의 시간을 응원하는 환호였다. 뿌듯한 동시에 그 자리에 있던 어른들 모두 머리를 망치로 한 대 맞은 듯한 기분이었다. O가, 아이들이 던지는 묵직한 과제 때문이었다. 어른들의 고민이고, 사회의 고민

이었지만 아이의 입에서 나오는 현실적인 고민을 들으니 그 무게가 더 크게 다가왔다.

　마을은 O의 이야기에 답할 준비를 해야 했다. O가 내준 숙제를 고민하면서 대안을 찾기 위해 모였다. 그리고 아이들의 불확실한 진로에 대한 고민을 함께 나눌 진로 교육 프로그램을 기획했다. 협의를 거쳐 탄생한 진로 탐색 활동이 '청청카페'와 '청청포럼'이다. 마을에서 초등학교와 중학교를 나와 자신이 하고 싶은 일을 찾아가는 청년들을 찾았다. 자기 삶을 찾아가는 청년들이 불확실한 미래로 흔들리는 청소년에게 자기 경험을 나누어주는 프로그램이었다.

　마을에서 준 가르침을 잊지 않고 성장하는 아이들과, 아이가 던진 제안에 답을 찾는 마을이 있다. 송악마을의 가치가 돋보이는 지점이다. 내 아이만이 아니라 우리 모두의 아이들이 행복한 세상을 위해 아이들의 목소리를 듣고 필요한 지원을 하는 마을에서 아이들은 배우고 성장한다. 송악마을의 건강함이 바이러스처럼 온 나라 곳곳에 퍼지기를 기대한다. 이 마을에서 희망을 보았다.

청소년이 말하고
어른이 듣다(靑話長聞)

2023년 12월 눈이 내린 날. '청청포럼'이 열렸다. 마을과 학교가 청소년들의 진로 탐색을 지원하는 진로 교육이자 마을 포럼에서 아이가 던진 묵직한 숙제에 대한 답이었다. 여름방학을 앞두고 '청청카페'를 열었다. 마을 초·중학교를 졸업한 선배 중 불안하고 불확실한 삶의 길에서 스스로 자신의 삶을 찾아가는 직업인이 함께했다. 좋은 대학이나 사회가 말하는 성공의 기준이 아닌 자신의 힘으로 삶을 만들어가는 졸업생들이었다. 8명의 직업인 선배가 청소년 후배들과 만나 고민을 나누고 진로에 대해 함께 생각해 보는 자리였다. 청청카페는 청소년에게도 배움이었지만 청년들에게도 배움의 장이 되었다.

'청청카페'를 운영하면서 아이들의 진로에 대한 불안과 고민이 생각보다 깊고 다양하다는 사실을 깨달았다. 아이들의 고민과 불안을 어른들이 이해해야 믿고 응원할 수 있다는 생각에 '청청포럼'을 기획했다. 고등학생, 대학생, 직업인이 된 청년들과 다양한 선택지를 앞둔 청소년들이 진로에 관한 생각과 고민을 나누는 자리를 마련했다. 그리고 진로에 대한 청소년의 고민이 무엇인지, 청년들이 어떻게 자신의 세계를 쌓아가는지 그 경험을 어른들이 듣는 날이었다. 마을에서는 자기 경험을 들려줄 졸업생들을 찾았고 학교에서는 청소년들의 고민을 나누어 줄 재학생을 찾았다. 청청포럼의 주제와 제목을 무엇으로 할까부터 구체적인 실행을 위해 학교와 마을의 담당자가 모여 협의하고 추진했다. 그 과정에서 나온 이름이 **'청화장문(靑話長聞)'**이었다.

청화장문(靑話長聞)
– 청소년과 청년이 말하고 어른들이 듣다 –

마을에서 졸업생 고1, 고2, 고3, 대1, 대2, 독립책방 운영자, 청년 농부 등 7명을 섭외했다. 중학교에서는 2학년 2명, 3학년 3명을 섭외했다. 사회는 내가 하기로 했다.

알찬 내용으로 채우려면 사전 준비가 중요했다. 2, 3학년 친구들에게 진로에 관한 생각, 고민, 마을과 부모님께 하고 싶은 말 등을 설문조사로 받았다. 겨울방학을 앞두고 있어서 아이들이 대충 적을까 걱정했는데 설문 결과를 읽으며 내가 다 울컥했다. 아이들의 진로에 관한 생각과 고민은 깊고도 다양했고, 어른들에게 하고 싶은 말은 감사의 마음과 불안한 마음이 동시에 담겨 있었다. 청청포럼이 더 중요해졌다. 그만큼 내 어깨도 무거웠다. 중학교 발제자 5명과 설문 자료를 공유했다. 원고를 쓰는 데 도움이 될수도 있고, 선배들에게 질문을 할 때 참고가 될 좋은 자료들이었다. 설문조사 자료를 보고 동료와 후배들의 생각을 담은 질문을 선별하고 재학생들의 생각을 대변할 질문을 선정했다.

드디어 청청포럼이 있는 날. 하필 눈이 왔다. 시골의 눈길은 험난하고 위험해서 더욱 마음이 쓰였다. 과연 사람들이 모일까부터 혹시 모를 안전사고까지 걱정해야 할 상황이었다. 다행히 오후에 눈이 그치면서 상황이 조금 나아졌다. 그 눈길을 헤치고 온 사람들이 도서관을 꽉 채웠다. 아이들 70여 명과 어른들이 60여 명, 130여 명이 공간을 가득 채우고 있었다. 호기심 가득한 사람들의 얼굴을 무대에서 올려다보니 벅차올랐다. '청소년의 생각을 듣고 청년들의 이야기를 이렇게 절실하게 기다리고 있구나.' 생각이 미치자 뭉클하고 새삼 사회자의 책임이 크게 다가왔다.

마을과 학교의 어른이 전해주는 진로에 대한 깊이 있는 통찰에 이어 발제자들의 발표가 이어졌다. 발제자들의 이야기는 현실적인 고민부터 미래에 대한 불안감, 자기 경험에서 나오는 제안과 스스로 길을 찾아가며 찾은 대답들이 다채롭게 담겨 있었다. 뻔한 내용이 없었다. 난 미리 원고를 보았었다. 원고를 읽는 것만으로도 좋았다. 많은 청중 앞에서 긴장하며 전하는 이야기는 또 다른 힘이 있었다. 풀어내는 이야기의 결은 다르지만, 마음을 울리는 이야기였고 하나같이 감동이었다. 간단하게 정리해 본다. 사실 다 기록하고 싶었다.

– 중학교 2학년 송○○ 학생

불확실한 미래를 가능성으로 바꾸기 위한 다양한 탐색이 지금 우리의 일이 아닐까 생각한다. 작은 불씨가 큰 불꽃으로 타오를 수 있다는 믿음이 중요하다. '모른다'가 아니라 '아직'에 집중해달라.

– 중학교 3학년 이○○ 학생

경제적인 여유가 보장되지 않을 것 같은 자신이 좋아하는 일과 경제적인 여유를 가져다줄 직업 중 무엇을 선택해야 하는지, 좋아하는 일을 선택하고 후회하지 않을지 인생 선배님들의 경험을 나누어달라.

– 중학교 2학년 김○○ 학생

막막하고 어려운 미래지만 지금 바로 우리가 생각해야 할 과제이다. 오늘 하루가 우리의 미래를 고민하고 진로를 꿈꾸는 1년 중 가장 중요한 날임을 잊지 말자. 우리가 가는 길을 존중하고 격려해주길 바란다.

– 중학교 3학년 이○○ 학생

좋아하고 하고 싶은 일이 있는데 내가 감당할 수 있는지, 잘하는 사람을 보면 작아지는 자신이 속상하고, 진로 문제에서도 주변 사람들의 이야기에 흔들리는 자신이 고민스럽다.

– 중학교 3학년 김○○ 학생

다른 친구들은 열심히 공부하고 진로를 준비하는데 자신만 너무 깊이가 없는 것은 아닌지, 하고 싶은 운동하며 즐거웠는데 인생의 전환점 앞에서 무엇을 해야 할지 고민이 많다.

– 고등학교 1학년 이○○ 학생

방황하고 고민했던 중학교를 경험했기에 그 고민의 시간을 지나 고등학교에서 가장 필요한 정보가 무엇인지를 중학교 학생들에게 필요한 고등학교 생활들이 펼쳐진다.

– 고등학교 2학년 이○○ 학생

고등학교의 좌절과 고민을 딛고 결국 하고 싶은 일을 찾아 다시 설 수 있었다. 하고 싶은 것을 찾아야 꿈을 강요받는 답답한 현실 속에서도 자신을 챙길 수 있다.

– 고등학교 3학년 김○○ 학생

교대를 목표로 달려왔으나 서이초 등 일련의 사건을 접하며 잠시 흔들렸다. 그럼에도 자신이 원하는 길이라 선택했고 마을과 학교의 다양한 경험이 자신의 성장에 큰 힘이 되었다.

– 대학교 1학년 김○○ 학생

진로 교육이 특정 직업 중심이 아니라 다양한 삶에 대한 관점이 필요하다. 너무 일찍 진로와 직업을 결정해야 하는 진로 교육은 바람직하지 않다. 직업이 아닌 사람을 이해하고 다양한 삶을 통해 자기 삶의 방향을 찾아가는 것이 중요하다.

– 대학교 2학년 오○○ 학생

고3이 되어서야 진로를 결정했다. 좋아하는 것이 음악이고 아이들을 가르치는 일을 하고 싶어 음악교육과에 진학했다. 음악과의 인연이 마을이었기에 마을과 학교에서 하는 다양한 활동을 많이 경험하라.

– 독립책방 운영자 이○○

경험이 익숙한 사람에겐 도전할 힘이 생긴다. 학교의 학생회, 도서 위원 경험이 독립책방 선택에 영향을 주었다. 도전의 즐거움을 아는 친구들이 많아져서 '특별한 길을 걷고 있구나.'라는 말보다 '즐거운 길을 걷고 있구나.'라는 말을 듣는 사회를 기대한다.

– 청년 농부 안○○

불안하고 해결해야 할 문제가 생기면 미디어에 몸을 맡기고 고민해야 할 것들을 고민하지 않은 채 미디어로 숨어버리는 사람이 많다. 미디어 폭식을 멈추고 내면을 바라보면서 삶의 방향과 가치를 찾는 것이 곧 자신의 삶을 찾아가는 길이다.

청년과 청소년이 저마다의 색으로 펼쳐내는 이야기들이 얼마나 깊던지 짧지 않은 시간인데도 아이도 어른도 귀 기울여 들었다. 발제에 이어 청소년이 묻고 청년들이 대답하는 시간을 가졌다.

Q. 내 관심사에 맞진 않지만, 돈을 많이 벌고 안정적인 일 vs 내가 하고 싶고 좋아하지만 비교적 돈을 적게 벌고 수입 안정성이 안 좋은 일. 둘 중에 무엇을 골라야 할까요?

A1. 좋아하는 일을 하다 후회할 수도 있겠지만 좋아하는 일을 하며 함께 그 길을 가는 사람들과 직면한 고민을 함께한다. 그 과정에서 내 삶을 만들어갈 수 있지 않을까 생각한다. 좋아하는 일에 후회가 생기면 다시 길을 찾아 나서며 길을 만들어 나가면 될 것으로 생각한다.

A2. 좋아하는 일을 하면서 어느 정도 원하는 삶을 만들어갈 가능성과 싫어하는 일이기에 더 돈을 많이 벌지 못할 가능성 어느 것이 더 클까요? 이 질문에 답이 있지 않을까 한다.

A3. 좋아하는 일을 하고 있다. 독립책방이란 것이 돈을 많이 벌지는 못하는 분야이다. 그런데 지금까지 행복하고 만족스럽다. 같은 일을 하는 사람들과 만나 서로 응원하고 길을 찾아가고 있다. 좋아하는 일에는 스스로 답을 찾는 과정이 함께하는 것 같다.

A4. 진정한 행복은 돈이나, 성공, 사회적 지위 등에서 오는 것이 아니라 단단한 자아에서 온다. 우리 모두 진정한 행복을 찾기 위해 이 자리에 오지 않았을까 생각한다.

Q. 진로를 찾으면서 힘들고 어려운 순간 힘이 되었던 다시 일어설 수 있게 해 주었던 격려와 존중의 말이 있었다면 어떤 말이었나요?

A. '널 믿고 있어.' '자신이 빛나는 것을 잊지 마!' '사람에 대한 사랑이 자신을 빛나게 하고 힘들 때 일어나게 해 준다.'

이야기는 계속 이어졌다. 자신이 선택한 길을 가다 어둡고 답답했을 때 어떻게 극복했는지 등등 질문과 대답이 더 오갔다. 사회를 보는 일에 집중하느라 그 이후 기록을 못했다. 청춘들의 보석 같은 말이 많았다. 명사 특강에 견주어도 부족함 없이 꽉 찬 포럼이었다. 선택한 길에서 무수히 고민하고 스스로에게 묻고 다시 길을 찾아간 청년들이었다. 그 삶의 여정이 청년들을 속 깊게 만들고 질문에 답하게 했다. 어른들이라고 분명한 답을 줄 수 있을까? 다양한 갈림길에서 줄다리기하며 걸어왔으니 말이다.

학교와 마을에서 청소년들에게 주는 다양한 경험과 지원이 아이들을 성장하게 했음을 확인했다. 청년들은 마을의 다양한 경험이 자신을 성장하게 했다는 말을 빼놓지 않았다. 고등학교와 대학, 직업인이 되어서도 마을과 연결되고, 경험이 지속되었으면 좋겠다는 제안이 더해졌다. 누구나 흔들리고 방황하며 길을 찾는다. 하지만 지지와 응원, 기다림이 함께한다면 천천히 가더라도 단단하게 내딛고 뿌리내린다. 찬란한 청춘들이 찬란한 빛으로만 살아갈 수 없는 결과 중심의 현실이 대비되어 그 또한 안타까웠다.

이 마을 청년과 청소년들. 참 감동이다. 자신의 시간을 쪼개어 원고를 준비하고 후배들을 위해 달려와 부담스러운 자리를 함께한다. 함께한 어른들도 참 아름답다. 그들은 여전히 더 나은 세상을 위해 꿈을 꾼다. 그들도 청춘이다. 청춘들의 찬란함으로 나도 잠시 찬란해졌다. **꿈을 꾸는 사람들 모두 청춘이다.**

흔들리며 피는 꽃, 청청포럼 뒷이야기

'청청포럼' 다음 날 3학년 수업 시간. 청청포럼에 참석하지 못한 친구들이 있었다. 청년과 청소년의 삶에 대한 깊은 생각을 들려주었다. 선배들의 경험에서 나온 진로에 관한 생각과 서로를 응원했던 내용을 전하니 모두 진지하게 듣고 공감했다.

발제자로 참여한 친구가 있어 소감을 물었다. 어떤 이야기를 할지 고민이 많았는데 고민하는 과정에서 생각을 정리할 수 있어 좋았다고 했다. 자신의 고민이 많은 친구들의 고민인 동시에 선배들도 그런 과정을 거쳐 지금 그 자리에 있는 것을 보고 위로가 되었다고 했다. 서로의 이야기를 듣고 질문과 대답을 하면서 응원을 받는 기분이었다며 너무 좋은 경험이었다고 말했다. 그리고 이어진 이야기는 너무 감동적이었다. 밤에 선배 중 한 명이 메시지를 보내왔단다. 서로 알지 못하는 사이라 엄마를 통한 메시지였다.

자주 흔들리는 진로가 고민이라는 발표를 듣고 자기 경험을 나눠주고 싶었는데 시간이 없어 답하지 못했다고 했다. 포럼은 종료되었지만, 꼭 전하고 싶어 보낸 메시지였다.

자신이 흔들릴 때 어떻게 그 마음을 다독였는지 경험을 담은 따뜻한 글이었다. 불안한 청춘에게 보내는 메시지 끝에 시 한 편이 쓰여 있었다. 도종환 시인의 「흔들리며 피는 꽃」이었다. 누구나 흔들리며 살고 있으니 너무 불안해하거나 스스로 자책하지 말라는 응원이었다. 서로 대화 한번 나누지 않은, 그냥 스쳐 지나가도 모를 선배의 글이 따스해서 나까지도 위안이 되었다. 그 이야기를 들은 우리 모두 소름이 돋았다. 이야기를 전하는 아이의 발그레 상기된 볼과 수줍은 웃음이 참 사랑스러웠다. 살아가면서 중요한 선택의 순간이 오고 그 선택을 앞에 두고 불안한 시간을 보낼 청춘들이다. 선배의 응원은 그 친구에게 든든한 버팀목이 될 수도 있겠다고 생각했다.

온통 아름다웠다. 이런 아름다운 응원을 다른 곳에서 들어본 적이 없다. 마을 안에서 사람과 사람이 연결되고, 학교와 마을이 연결되어 가능한 일이다. 청년이 보내준 감동적인 뒷이야기까지 첫 번째 청청포럼이 아주 훌륭하게 마무리되었다. 사회를 본 나를 칭찬하고 싶어질 정도였다. 아니 내가 사회를 잘 본 것이 아니라 청년과 청소년들이 너무 훌륭했다. 옆에 나란히 앉아 사회를 보면서 청년과 청소년의 표정, 언어, 목소리를 자세히 보고 들었다. 오가는 눈빛 속에 진심이 있었기에 서로 의지하고 마음을 담은 이야기를 펼쳐내는 것을 보았다. 진심을 꾹꾹 눌러 담아 청소년들을 응원하는 청년들을 보는 것만으로도 가슴 벅찬 경험이었다. 살아 있는 마을이 미래를 위한 희망인 것을 확인한 현장이었다.

아이가 마을에 던진 과제를 마을과 학교가 함께했다.
삶이 담긴 배움을 실천하는 학교, 마을, 어른들, 청춘들,
모두 아름답다!

시간을 함께한다는 것,
그 소중함

난 참 헤어짐에 서툴다. 해마다 겪는 일인데 헤어지는 일은 매번 어렵다. 내가 도드라지는 것도 익숙하지 않다. 다른 사람들이 주인공인 자리를 만드는 것은 어렵지 않은데 내가 주인공인 자리는 어색하고 낯설다. 그래서 그저 조용히 어색한 표정에 묵묵한 악수로 담백하게 이별하길 원했다. 퇴임식이라는 틀을 갖는 일도, 헤어짐이 주는 그 공기도, 사이 사이의 침묵도 어려웠다.

퇴임식을 거절했지만 헤어짐의 내용과 인사는 중요했다. 헤어짐도 만남만큼 소중한 일이었다. 그동안 같은 공간에서 시간을 보낸 사람에 대한 예의이자 관계에 대한 인사라고 생각하기 때문이다. 진심을 담은 자리에서 부담 주지 않고 그냥 스쳐 지나가듯 자연스레 서로를 응원하는 소박한 자리를 함께하고 싶었다. 교실에서 마지막 수업을 하며 소박한 인사로 함께

한 시간을 나누었다. 아이들이 건네는 글을 읽다가 심장이 조여오고, 아이들에게 주는 편지를 읽다 울컥했다. 그렇게 나는 내 방식으로 퇴직 인사를 하고 있었다.

수업이 없는 시간이었다. 늘 밝은 에너지로 나에게도 아이들에게도 웃음을 주는 선생님이 나에게 잠깐 의견을 구하고 싶다고 했다. 둘이 함께 도서관으로 갔다. 입구 앞에 도착해보니 도서관에 아이들이 있었다. 3학년 아이들이었다. 두 친구가 스크린이 켜져 있는 무대 위 의자로 나를 안내했다. 준비되지 않은 채 꽃을 받아 들고 엉거주춤 서 있었다. 친구들이 일어나 노래를 불렀다. 계단에서 일어나 노래를 부르는 친구들의 얼굴엔 수줍은 미소가 피어났다. 자리는 부드럽고 아이들은 사랑스러웠다. 노래가 끝난 후 두 친구의 진행으로 토크콘서트를 했다. 사전에 나에 대한 글을 모으고 포스트잇으로 질문을 받아 놓았다. 진행하는 친구가 질문을 선택해 나에게 물었다. 수업에 관한 이야기, 기억에 남은 학생 이야기, 나를 감동하게 한 발표 수업 등 묻고 대답하는 사이에 저절로 33년 교사 시절이 영화 필름처럼 스르륵 스르륵 스쳐 갔다. 가벼운 질문이라며 MBTI가 뭐냐는 질문에 최근엔 ENTP였는데 몇 년 전엔 ENFP가 나왔다. 성격유형은 현재 상황, 하는 일 등에 따라 달라지곤 하니 유형이라는 틀에 가두지 말고 자신을 유연하게 찾아가라고 당부한다. 가벼운 질문에 진지하게 대답한 나. 스스로 너무 재미없다면서 열심히 대답했다. 그리고 친구들이 나를 위해 써 준 이야기를 들려주었다. 아이들의 이야기를 들으며 내가 그렇게 다가갔구나 생각했다. 새삼 선생의 무게가 크게 다가왔다.

　영미! 영미!! 영미!!! 한때 대한민국을 강타했던 이름 패러디로 웃기더니 나에게 주는 영상이 흐른다. 우리의 영원한 어른이 영상에 등장했을 때 우리 모두 반가움에 울컥했다. 내가 한 일보다 더 크게 칭찬의 말씀을 보내주셔서 그런 찬사를 받을 자격이 있나 내심 부끄러웠다. 나를 돌아보기도 했지만 내 새로운 출발을 응원하는 덕담으로 생각하며 마음에 담아두었다. 이 학교에 와서 학교운영위원장으로, 학부모로, 마을 교사로 만나며 동지애가 생긴 마을 선생님도 따뜻한 말과 글에 마음을 담아주었다. 퇴직 후 마을에서 편안한 누이로 만나자 했다. 마을에서 누구보다 헌신적으로 일을 하는 선생님의 응원도 참 든든했다. 마을의 모든 일에 늘 자신의 시간과 열정을 아낌없이 내어주면서도 밝은 에너지를 주는 선생님이었다.

　아이들의 인사는 얼마나 사랑스럽던지. 영상 편지에 쑥스러워하면서도 어색한 표정과 웃음을 담아 나를 응원하고 있었다. 사랑스러운 목소리로 시를 읽어주시는 선생님 소리에 귀 기울여 듣다 나도 모르게 눈물이 흘렀다. '이렇게 좋은 분들과 함께했구나.', '학교에서도 마을에서도 잘 살았구나.', '이렇게 따뜻한 응원을 받으며 마무리할 수 있어 얼마나 행복한 일인가. 참 복 받은 사람이다.' 생각했다.

내가 한 일보다 내가 더 좋은 사람이라는 마음을 갖게 한 자리였다. 서로 안아주고, 같이 눈물 흘리고, 인사하고, 응원했다. 정말 생각지 못한 자리에서 진심 담은 이야기에 몰입했다. 마지막 수업이라 생각하니 마음은 몽글몽글하고 뭉클했다. 앞에서 응원의 마음을 보내준 선생님, 이 모든 것을 기획하고 리허설까지 하면서 진심 가득한 축하 자리를 마련한 선생님, 3학년 친구들과 함께 시간을 내어 준비한 3학년 담임 선생님, 내 교직 생활을 정리할 기회를 준 질문과 따스한 응원 글을 보내준 3학년 친구들. 말로 표현하지 못할 만큼 감동이었다.

화사한 듯 간결한, 내 맘에 쏙 든 장미꽃과 아이들 마음이 담긴 글에 50여 명이 함께 한 이별의 자리는 부드럽고 온화했으며 따뜻했다. 함께한 시간이 있기에 가능한 이별이었다.

그들을 통해 나는 나를 응원한다.
잘했어! 고생했다!

미처 하지 못한 대답들

토크콘서트가 끝난 후 아이들이 전해준 글과 질문들을 자세히 읽어 보았다. 답하지 못한 질문이 많았다. 대답해야 할 질문도 많았다. 내 이야기를 전할 수도 없을 텐데 어느새 나는 조용히 답을 하고 있었다.

인간에게 있어 감정을 공유한다는 의미는 무엇일까요?

아니 이런 질문이 있었어? 그날 그 자리에서 질문을 받았다면 어떻게 대답했을까? 아이답지 않은 사유가 담긴 질문이었다. 정말 이 친구들을 사랑하지 않을 수 없다. 누굴까 궁금할 만큼 좋은 질문이다. 그러나 중요하지 않다. 그 아이만이 아니라 우리 아이들의 품격이었다. 잠깐 생각이 필요했다. 감정을 공유한다는 것은 내가 너를 믿고 함께할 수 있다는 신뢰감이라고 답한다. 내가 마음이 흔들리고 불안할 때 마음의 불안을 알아채고 따뜻한 언어를 건네는 것, 서로 의지하고 응원한다는 것, 내 기쁨을 함께 나누는 것, 내 불안을 그대로 드러낼 수 있는 것 그것이 감정의 공유라고 답한다.

다른 장소에서 어른들과 함께했다면 이렇게 답할 수도 있으리라. 누구나 나약한 인간이기에 그 나약함을 인정하고 함께 어깨 걸고 나아가려는 것이다. 내 나약함을 있는 그대로, 당신의 나약함도 있는 그대로, 그렇게 인정하고 서로 공감하며 응원하는 것이 감정을 공유가 아닐까. 우린 모두 완벽하지 않아서 살아가는 것이 때론 버겁다. 혼자서 감당할 수 없기에 감정을 공유하고 서로 위안이 되는 것이 인간이다. 그리 답할 것이다.

이 학교에 오셨던 이유는 무엇인가요?

송악마을을 경험하고 싶었다. 외부에서 듣는 소리와 내가 직접 본 마을과 학교. 그 속에서 자란 아이들은 다를까? 아이들은 어떻게 성장할까? 그런 궁금함이 많았다. 새로운학교충남네트워크에서 활동하면서도 혁신학교 근무 경험이 없어서 답답하던 때 송남중학교가 혁신학교로 지정받았다. 내가 근무하고 싶고, 근무해야 할 학교였으며 학교도 혁신학교 담당 교사가 필요했다. 아이들은 아이들이었다. 해맑고 장난꾸러기 중학생 그 모습이었다. 그럼에도 다른 지점이 있었다. 무엇보다 자기 생각을 사유 담긴 문장으로 전달하는 친구들이 많았다. 사물과 대상을 자세하게 관찰하고 표현하는 점도 좋았다. 자기 생각을 이야기하고 궁금한 점은 물었다. 의견이 다르면 토론하고 좋은 질문을 던지고 깊이 있는 답변이 가능했다.

내가 추구하는 수업의 방향과 잘 맞았다. 협업 수업에도 익숙하고 자기 생각을 드러내는 일에도 풍부한 문장과 비유를 활용하는 친구들이 많았다. 학생 자치는 이미 성숙해서 자발적으로 움직이고 있었다. 자기 생각을 거침없이 표현해서 선생님들이 당혹스러울 때도 있었지만 대화하면 합리적인 결론을 찾았다. 스스로 답을 찾아가는 수업, 질문이 가능한 수업, 질문에 대답하며 생각을 키우는 수업, 토론 수업 등 다양한 수업이 가능했다. 나에겐 참 행운이었다. 스스로 학습하는 힘을 놓지 않는 친구들이 많아 희망이 있었다.

우리 학교에서 가장 인상 깊었던 수업은?

도덕 수업은 늘 삶과 관계가 중심이 되었다. 빠르게 변화하는 사회 속에서 문제를 찾고 어떻게 해결할 것인가가 중요했다. 나와 타인이 함께 모여 고민하고 탐구하고 해결하는 것 그것이 가장 필요한 수업이었다. 교과서에 답이 있지 않았다. 삶 속에 답이 있었다. 아이들이 모둠활동을 통해 만든 자료는 다채롭고 생각보다 전문적이었다. 아이들은 필요한 자료를 주제와 연결하여 정리하고 좋은 영상을 잘 찾아왔다. 인터넷 자료가 잘못된 것들이 있지만 좋은 자료를 찾아가는 방법을 배웠다. 늘 뻔한 자료만 가지고 있는 나보다 좋은 영상을 어찌나 잘 찾아오는지 감탄할 때가 많았다. 가장 좋은 점은 내가 수업할 때보다 친구들이 발표할 때 집중도가 높았다. 내가 하는 수업이 더 매끄럽고 내용도 체계적이었는데 아이들은 서툴고 일목요 연하지 않은 친구들의 발표에 귀를 기울였다. 수업 시간에 자는 친구들이 없었다. 발표를 하면 질문과 대답이 오갔다. 좋은 질문은 수업의 질을 높였 다. 질문의 질이 곧 수업의 질로 연결된다. 질의응답을 통해 더 많은 생각 을 하고, 좋은 대답을 통해 다양한 관점을 배웠다. 사고의 확장이 가능한 수업이었다. 3학년 친구들의 수업은 수준 높은 자료와 날카로운 질문으로 늘 만족스러웠다.

우리 학교에서 가장 행복했던 순간은?

과거는 다 아름답다고 했던가? 학교에서 보낸 5년이 다 나름의 빛깔로 좋았다. 담임을 했던 첫 해. 정신없고 어려웠지만 학급 친구들 때문에 웃고 울며 추억을 만들었고, 교실에서 1박 학급 캠프를 했던 일도 너무 좋았다. 남편이 남학생들 침실인 도서실에서 쪽잠을 잤었다. 정작 아이들은 교실에 서 밤을 지새웠다. 그때 사진 보면 낭만이 있었구나 하는 생각에 마음이 따 뜻해지곤 했다.

2년째 가장 어려웠던 해였다. 혁신학교를 두고 결이 다른 선생님들 사이를 조율하는 것도 힘들고 교장선생님 초빙 문제로 갈등이 정점을 향해 치달았다. 교장 초빙을 두고 생각이 다른 선생님들이 있어 날 선 목소리들이 오갔다. 숱한 고민과 주저 끝에 어려운 결단을 했고 드디어 학교는 평화를 맞이하게 되었다.

3년째 희망과 고민이 교차하던 시간. 든든한 어른이 계시고 조금씩 틀을 만들어갔지만, 모든 선생님이 같은 곳을 바라보고 함께 걸어가는 것이 얼마나 힘든 일인가를 깨달았다. 그만큼 힘들고 천천히 시간이 흘렀다. 내 역량의 한계를 본 해였다.

4년째 나름 틀이 만들어지고 있지만 학교 건물을 새로 짓는 과정이 길고 지난해지면서 결정해야 할 것들이 많다. 건축 전문가도 아닌데 끝없이 이어지는 공간 구성과 자재 선택은 어려운 숙제였다. 그럼에도 조금씩 공간이 구체화하면서 새로운 공간에 대한 설렘이 교차하던 시간이었다. 공간 건축 담당은 능력 밖의 일이라 버겁기도 했다.

5년째 교무 일을 놓고 마음의 짐이 가벼워졌다. 든든한 어른이 가시고 우리 학교가 가고자 하는 방향이 견고하게 자리 잡히기를 기대하면서 이 학교에서 내가 해 온 일을 하나하나 갈무리하기 시작했다.

이렇게 적고 보니 과거가 다 아름답지 않았다. 버겁기도 하고 고민이 많았다. 그럼에도 아이들과 만남은 늘 나의 즐거움 버튼이 되었다.

5년간 가장 행복했던 순간을 꼽으라면

3학년 친구들이 이렇게 따뜻한 이별의 자리를 만들어 준 시간? 내가 이곳에서 지낸 5년이 그냥 흘러간 것이 아니구나 하는 그런 증명의 자리였다.

3학년이랑 수업하면서 가장 기억에 남은 수업은?

1학년 입학했을 때 어린아이 같더니 몸도 쑥쑥 커지고 마음도 넓어지는 모습이 보였다. 그 사이 삶의 무게도 깊어졌다. 아무 걱정 없이 해맑은 모습이었던 친구들이 어느 순간 무표정이 되었다. "힘들지?" 그 한마디 하는 것도 안쓰러울 때가 있었다. 큰 숨 쉬고 내 목소리를 키워 아이들의 침묵 사이사이를 채워내야 할 때가 있었다. 수업이 시작하면 다시 눈빛이 살아났다. 모둠활동 결과를 정리하여 발표하면 오가는 질문과 대답 속에 사고가 담겼다. 삶에 관해 이야기할 땐 진지했다. 자기 생각을 문장으로 표현하고 그 문장은 성숙했다. 나는 그 나이에 이런 생각을 했을까 싶은 문장들이 보였고, 그 문장은 그냥 지나치기 아쉬워 친구들과 공유하고 함께 의미를 나누었다.

문제 풀이 아니면 그리 관심 두지 않는 학원 양산형 아이들보다 자기 생각과 삶이 담긴 문장을 써가는 이들은 삶을 살아갈 힘이 있다. 우리 아이들이 잘 살아갈 것이라는 믿음은 문장 속에 담긴 사유와 서로 오가는 질문과 대답 속에서 만들어졌다. 아이들이 적은 생각의 조각들을 읽다 자주 감동해야 했고 저절로 칭찬이 나왔다.

"어떻게 이렇게 정리했지?"
"이런 질문 정말 좋은데?"
"이 문장 사유 담겨 있어 참 좋다."

난 잠시 말을 멈추고 아이들을 하나하나 깊게 바라보곤 했다. 그 눈길은 아이들을 향한 나의 크나큰 칭찬이었다.

참 빛나는 친구들이야!
너희들이 있어 나도 빛날 수 있었단다.
많이 고마워!

우리 서로 볕뉘였지?

7월 11일 아름답게 마무리했던 학교를 찾았다. 떠난 학교에 애정이 많아도 선뜻 찾아가기 쉽지 않다. 그리워도 보고파도 더 이상 내 영역이 아니다. 아이들의 마음을 보듬어주는 선생님에게 연락이 왔다. 나와 존경하는 어른, 스스로 삶을 만들어가는 졸업생들을 섭외하여 수업을 기획했다고 했다. 마을과 학교가 함께하는 진로 탐색 프로그램인 '청청카페'의 연장선상이었다. 학교 교육과정 속으로 들어오는 마을교육과정이니 너무 좋은 기획이었다. "역시 기획력과 추진력 최고!" 물개박수가 저절로 나왔다.

수업은 마을의 초등학교와 중학교를 졸업하고 자기 삶을 만들어가는 청춘들 4명, 우리가 존경하는 퇴직하신 교장선생님과 나 이렇게 6명이 함께했다. 각자 프로필과 수업의 핵심 키워드를 만들어 보내고 아이들은 주제와 수업 내용만 간단하게 적힌 프로필을 보고 관심 있는 수업을 선택하도록 했다. 누군지 알면 사람을 보고 선택할 수 있기에 아이들이 희망 주제를 찾아가길 바랐다.

드디어 7월 11일이 왔다. 눈 화장을 하고 립밤도 바르고 거울 앞에서 내 모습을 바라보았다. 아이들에게 밝은 모습으로 비치기를 바랐다. 예전 수업할 때 모습 그대로 휴대용 마이크를 챙기고 기타를 들고서 학교로 갔다. 학교에 발을 들이는 순간부터 반가운 얼굴들이 밀물처럼 눈에 들어왔다. 지난해까지 교실에서 보던 낯익은 얼굴들, 동료였던 선생님들, 자기 길을 가고 있는 청춘의 빛나는 얼굴, 우리의 영원한 어른 유재흥 선생님, 수업을 기획한 선생님. 모두 반가운 얼굴들이었다. 그동안의 안부를 묻고 인사하느라 정신없었다. 그리고 기타를 들고 수업할 교실로 향했다.

아이들을 만났다. 교실에 앉아 있는 그립고 반가운 얼굴들. 하지만 이젠 내가 설 곳이 없는 낯선 자리였다. 반가움과 어색함을 동시에 안고 교단에 섰다. 프롤로그에서 썼던 기타를 들고 〈너의 의미〉를 부르던 그 수업이었다. 뭉클하고 따스하고 아름답고 정겨운 이 장면을 어떻게 묘사해야 할지. 몽글몽글한 입자들이 교실을 가득 채워 내 마음을 부드러이 어루만지고 있었다. 내가 아이들을 응원한 것이 아니라 아이들이 나를 응원하는 시간이었다. 상기된 얼굴로 고마운 마음을 담아 인사를 했다. 평소 장난꾸러기 아이 얼굴에도 수줍은 듯 미소를 머금고 나를 응원하는 표정이었고 모두 진지한 눈빛이었다. 한순간도 놓치지 않으려는 얼굴이었다. 너무도 귀한 순간이었다.

수업이 끝나고 선생님들이 모였다. 각자 어떤 수업을 했는지, 아이들의 반응은 어땠는지 공유하는 것이 중요했다. 올해 철학과를 선택한 대학 1학년 친구는 조곤조곤 건네는 말에 사유가 담겨 있었다. 경쟁 구조에 흔들리지 않고 삶의 철학과 가치를 중요하게 생각하는 고등학교를 거쳐 철학과를 선택했다. 아이들에게도 자본주의 사회에서 살지만 돈보다 더 소중한 가치를 지니고 살았으면 하는 마음을 담았단다. 너무 재미없는 주제를 가지고 진지한 수업을 했지만 후회하지 않는다고 했다. 아이들이 생각보다 열심히 들어주어 좋은 경험이 되었다며 예의 점잖은 웃음을 짓는다. 수업을 들었던 3학년 아이가 "수업을 들으며 생각이 많아졌다."는 이야기를 한 것을 보면 아이들에게 삶에 대한 방향을 생각하는 계기가 되었음이 틀림없다. 자기 세계가 분명한 친구는 다른 사람에게 강요하지 않는다. 그저 부드러운 어조로 자기 생각을 전하는데 그 소리에 몰입이 되는 묘한 능력이 있었다. 한결같은 언행이 만들어낸 능력이리라. 그 친구가 이야기하면 나도 집중했고 신중한 태도와 깊이 있는 언행은 나에게도 배움이 되었다.
그림을 그리는 졸업생은 아이들과 이모티콘을 함께 만들면서 자기 삶을 만들어가는 데 필요한 이야기들을 나누었다. 아이들이 즐겁게 참여해서 의미가 있었다고 전한다. 조리과학고를 졸업해서 대학을 가고 창업을 한 선배는 특성화고 진학을 중심으로 이야기하고 창업 과정을 담아냈단다. 조리를 직접 하면서 아이들과 만났더라면 더욱 좋았을 텐데 시간과 공간을 아쉬워했다. 학교를 졸업하고 진학이 아닌 하고 싶은 길을 찾아 나섰다가 독립책방을 하는 선배는 독립책방과 독립 출판사에 관한 이야기를 나누었단다. 독립책방과 독립 출판사가 무엇인지, 책이 어떻게 만들어지는지, 다양한 책의 유형을 직접 보여주고 자신이 만든 아주 작은 책을 같이 읽으며 수업을 진행했다고 한다. 이미 자신의 길을 가고 있는 청년은 자기 삶에 대한 만족감이 표정에 드러난다. 손 글씨로 만든 깜찍한 책이 신기해서 우리도 돌려보고 감탄했다. 싱그러운 청춘이 좋아하는 일을 말할 때는 반짝거린다. 그 모습이 좋다.

마지막 우리의 어른 유재홍 선생님은 삶의 방향과 철학을 16세 당신의 삶을 투영해 전하셨다고 했다. 어른의 깊은 사유와 전달하는 힘을 우린 익히 알고 있다. 형식적이고 뻔한 입학식과 졸업식의 축사를 감동의 탄식이 나오게 만드는 힘을 갖고 계신다. 아이들에게 생각하는 힘을 길러주셨으리라. 책을 읽고 책 속 내용을 정리하면서 쌓은 내공이 어른의 품격과 만나 빛을 발하곤 했다. 나도 학생이 되어 수업을 들었으면 하는 마음이 들었다.

다음 날 수업을 기획한 선생님에게 전화가 왔다. 곧 만날 예정인데도 전하고 싶은 말이 있어 전화했다며 웃는다. 아이들에게 수업이 어떻게 다가

갔는지 피드백했나 보다. 나를 만나는 순간부터 뭉클했더란다. 기타를 들고 긴장한 표정으로 들어와 마이크를 귀에 걸고 이야기하는 모습이 너무 그리워서 울컥했다고 했다. 어색한 표정으로 기타를 치다 조금씩 웃으며 노래를 부르는 내 모습이, 내 마음이 아이들에게도 전해졌나 보다. 기타를 치는 상기된 선생님을 보며 〈너의 의미〉를 선택한 이유도 알겠더라는 아이들의 말을 전했다. '몸이 기억한다'는 말을 잊지 않겠다며 맘껏 경험하며 살아야겠다고 다짐했단다. 책을 읽고 시간을 아껴 삶을 준비할 거라고 다짐하는 아이들을 보며 당장 전하고 싶었다는 선생님의 말씀에 나도 마음이 따뜻해졌다. 아이들 이야기를 들으며 "선생님이 너무 부러웠어요." 그렇게 말을 건네는 선생님이 어찌나 다정하던지 내가 정말 좋은 사람같이 느껴졌다. 아이들의 입에서 나오는 이야기들이, 내가 짧은 1시간 수업 속에 건네고 싶은 이야기였다.

너무 귀한 아이들이다. 나에게도, 수업을 듣는 아이들에게도 귀한 시간이었다. 아이들에게 내가, 나에게 아이들이 그리운 존재였다. 함께 보낸 시간이 만들어낸 공감이고 응원이었다. 아이들은 때로 어른들의 눈으로 속단할 수 없을 만큼 깊고도 넓다. 내일이 없는 것처럼 말하고 행동할 때도 있지만 자기 삶에 대한 애정이 있다.

우리는 서로의 온기로 한 걸음 내디딘다.

그 걸음은 곧 길이 될 것이다.

서로를 응원하는 순간 우리는 서로에게 볕뉘였다.

에필로그

친구들 나이에 나는 어떤 꿈을 꾸었는지 잘 기억나지 않을 만큼 아득하게 느껴져요. 선생님이 될까 생각하기도 하고 성우가 되어 볼까 막연한 꿈을 꾸기도 했지요. 그리고 난 어릴 적 막연한 꿈이었던 교사가 되었어요. 그리고 가장 아름다운 곳에서 가장 따뜻하게 학교와 이별을 했지요.

이곳에서 보낸 5년 시간이 나에게도 큰 배움의 시간이었어요. 수업하면서 친구들의 발표 속에서 배우고, 발표에 이어진 질문과 대답 속에서도 배웠죠. 마을 행사에 참여하면서 스스로 기획하고 활동하는 친구들을 보며 흐뭇해하고, 동네 손주 반찬 배달 봉사활동과 반딧불이 모니터링에서 만난 친구들은 학교와는 다른 매력을 보는 기회였어요. 토요일 귀찮을 텐데 잊지 않고 봉사활동을 하는 친구들이 너무 예쁘고 기특했어요.

송악마을은 또 얼마나 아름답던지요. 다 함께 행복한 세상을 꿈꾸며 귀한 시간을 내어 축제를 만들고, 여러분이 사는 세상이 안전하고 평화로운 공간이 되도록 노력했죠. 여러분이 자신의 미래를 스스로 만들어갈 수 있도록 다양한 경험의 장을 마련해주었어요. 마을과 함께하는 일들은 처음이라 흥미로웠고 함께하는 사이에 이 마을을 사랑하게 되었죠. 그리고 나는 오랜 시간 몸담고 있던 학교를 뒤로하고 새로운 삶을 향해 조심스레 나아갈 준비를 하고 있어요.

어떤 삶을 살아야 할까?
무엇을 할까?
무슨 일이 펼쳐질까?
잘해낼 수 있을까?

친구들이 매일매일 묻고 고민하는 순간이 나에게도 온 거죠. 불확실한 미래 앞에 고민이 되고 머릿속으로 무수히 많은 세계를 세우고 부수길 반복하고 있죠. 확실한 것은 내가 했던 경험들이 나를 새로운 세상으로 나아갈 수 있는 용기를 줄 것이라는 거예요. 삶의 길에서 만난 사람들이 준 배움과 마을에서의 경험이 나를 단단하게 만들어 주었기에 가능한 확신이죠.

친구들도 선택의 순간이 오겠죠? 그리고 고민도 하겠죠? 고민하는 친구

에게도, 고민을 뒤로 미룬 친구에게도 선택의 순간이 오고, 고민과 선택의
결과는 그대로 삶의 길이 될 거예요.

그 길엔 여러분을 사랑하는 부모님이 있고, 응원하는 선생님이 있어요.
그리고 여러분의 성장을 지원하는 학교와 마을이 있어요. 그 응원과 지지
를 맘껏 받고 자신의 삶을 펼쳐가길 바랍니다.

모든 청춘의 시간을 응원합니다!